畢璞全集・小說・八

寂寞黃昏後

【推薦序一】

老樹春深更著花

封德屏

一九八六年四月，畢璞應《文訊》雜誌「筆墨生涯」專欄邀稿，發表〈三種境界〉一文，她在文末寫道：

這種職業很適合我這類沉默、內向、不善逢迎、不擅交際的書呆子型人物，我很高興我當年選擇了它。我既沒有後悔自己走上寫作這條路，又說過它是一種永遠不必退休的行業；那麼，看樣子，我是注定了此生還是要與筆墨為伍了。

畢璞自知甚深，更有定力付之行動，近三十年來她持續創作，陸續出版了數本散文、小說、自選集；三年前，為了迎接將臨的「九十大壽」，她整理近年發表的文章，出版了散文集

《老來可喜》。年過九十後，創作速度放緩，但不曾停筆。二〇〇九年元月《文訊》創辦的「銀光副刊」，至今刊登畢璞十二篇文章，上個月（二〇一四年十一月），她在「銀光副刊」發表了短篇小說〈生日快樂〉，此外，也仍偶有文章發表於《中華日報》副刊。畢璞用堅毅無悔的態度和纍纍的創作成果，結下她一生和筆墨的不解之緣。

一九四三年畢璞就發表了第一篇作品，五〇年代持續創作，創作出版的高峰集中在六〇、七〇年代。一九六八年到一九七九年是她作品的豐收期，這段時間有時一年出版三、四本，甚至五本。早些年，她是編寫雙棲的女作家，曾主編《大華晚報》家庭版、《公論報》副刊、《徵信新聞報》家庭版，並擔任《婦友月刊》總編輯，八〇年代退休後，算是全心歸回到自適自在的寫作生涯。

真摯與坦誠是畢璞作品的一貫風格。散文以抒情為主，用樸實無華的筆調去謳歌自然，讚頌生命；小說題材則著重家庭倫理、婚姻愛情。中年以後作品也側重理性思考與社會現象觀察。畢璞曾自言寫作不喜譁眾取寵、不造新僻字眼，強調要「有感而發」，絕不勉強造作。

畢璞生性恬淡，除了抗戰時逃難的日子，以及一九四九年渡海來台的一段艱苦歲月外，自認大半生風平浪靜。「淡泊名利，寧靜無為」是她的人生觀，讓她看待一切都怡然自得。雖然前後在報紙雜誌社等媒體工作多年，一九五五年也參加了「中國婦女寫作協會」，可能如她自己所言「個性沉默、內向，不擅交際」，多年來很少現身文壇活動。像她這樣一心執著於創作的人和其作品，在重視個人包裝、形象塑造，充斥各種行銷手法的出版紅海中，很容易會被湮沒遺忘。

然而，這位創作廣跨小說、散文、傳記、翻譯、兒童文學各領域，筆耕不輟達七十餘年的資深作家，冷月孤星，懸長空夜幕，環視今之文壇，可說是鳳毛麟角，珍稀罕見。在人們華服高軒、闊論清議之際，九三高齡的她，老樹春深更著花，一如往昔，正俯首案頭，筆尖不斷流淌出款款深情，如涓涓流水，在源遠流長的廣域，點點滴滴灌溉著每一寸土地。

感謝秀威資訊科技股份有限公司，在文學出版業益顯艱辛的此刻，奮力完成「畢璞全集」二十七冊的巨大工程。不但讓老讀者有「喜見故人」的驚奇感動，也讓年輕一代的讀者，有機會可以在快樂賞讀中，認識畢璞及其作品全貌。我們也希望透過文學經典這樣的再現與傳承，向這位永遠堅持創作的作家，表達我們由衷的尊崇與感謝之意。

民國一〇三年十二月

（封德屏：現任文訊雜誌社社長兼總編輯、台灣文學發展基金會執行長、紀州庵文學森林館長。）

【推薦序二】

老來可喜話畢璞

吳宏一

一

上星期二（十月七日），我有事到《文訊》辦公室去。事畢，封德屏社長邀我去參觀她們蒐集珍藏的期刊。看到很多民國五、六十年前後風行文壇的文藝刊物，目前多已停刊，不勝嗟嘆。《暢流》、《自由青年》、《文星》等我投過搞、發表過創作的刊物不說，連一些當時發行不廣的小刊物，她們也多有蒐集。其用心之專、致力之勤，實在不能不令人讚嘆。於是我向她提起我高中以迄大學時期文學起步的一些往事，中間提到若干文藝刊物和若干文壇前輩對我的鼓勵和影響。其中特別提到我大學一年級，民國五十年的秋天，剛進入台大中文系讀書時所認識的一些前輩先進。像當時住在濟南路的紀弦，住在廈門街的余光中，住在南昌街菸酒公賣局宿舍的羅悟緣，住在安東市場旁的羅門、蓉子……我都曾經一一去走訪，謝謝他們採用或推薦過我的作品。過程歷歷在目，至今仍記憶猶新。比較特別的是，去新生南路夜訪覃子豪時，還遇見過魏子雲；去峨嵋街救國團舊址見程抱南、鄧禹平時，還順道去《公論報》探訪副刊主編畢璞……。

一提到畢璞，德屏立即接了話，說「畢璞全集」目前正編印中，問我願不願意為她「全集」寫個序言。我答：寫序不敢，但對我文學起步時曾經鼓勵或提攜過我的前輩，我非常樂意寫紀念性的文字。不過，我也同時表示，我與畢璞五十多年來，畢竟才見過兩三次面，她的作品我讀得並不多，要寫也得再讀讀她的生平著作，而且也要她還記得我，對往事有些共同的記憶才好。所以我建議，請德屏代問畢璞兩件事：一是她記不記得在我大一下學期（民國五十一年春），她和另一位女作家到台大校園參觀之事；二是她在主編《婦友》月刊期間，記不記得曾經約我寫過詩歌專欄。

德屏說好。第二日早上十點左右，畢璞來了電話，客氣寒暄之後，告訴我：她記得她和鍾麗珠早年曾到台大校園和我見過面，但對於《婦友》約我寫專欄之事，則毫無印象。她知道我沒有讀過她的作品集，說要寄兩三本來，又知道我怕她年老行動不便，改口說，要不然，幾天內如果我能抽空，就煩請德屏陪我去內湖看她，由她當面交給我，同時可以敘敘舊、聊聊天。

我當然贊成。我已退休，時間容易調配，只不知德屏事務繁忙，能不能抽出空暇。想不到與德屏聯絡後，當天下午，就由《文訊》編輯吳穎萍小姐聯絡好，約定十月十日下午三點一起去見畢璞。

二

十月十日國慶節，下午三點不到，我就如約搭文湖線捷運到葫洲站一號出口等。不久，德屏與穎萍來了。德屏領先，走幾分鐘路，到康寧老人安養中心去見畢璞。途中德屏說，畢璞雖然年逾九旬，行動有些不便，但能以歡樂的心情迎接老年，不與兒孫合住公寓，怕給家人帶來不便，所以獨居於此，雇請菲傭照顧，生活非常安適。我聽了，心裡也開始安適起來，覺得她是一個慈藹安詳而有智慧的長者。

見面之後，我更覺安適了。記得我第一次見到畢璞，是民國五十年的秋冬之際，在西門町附近康定路的一棟木造宿舍裡，居室比較狹窄；畢璞當時雖然親切招待，但總顯得態度拘謹。相隔五十三年，畢璞現在看起來，腰背有點彎駝，耳目有些不濟，但行動尚稱自如，面容聲音卻似乎數十年如一日，沒有什麼明顯的變化。如果要說有變化，那就是變得更樸實自然，沒有絲毫的窘迫拘謹之感。

由於德屏的善於營造氣氛、穿針引線，由於穎萍的沉默嫻靜，只做一個忠實的旁聽者，那天下午，我和畢璞有說有笑，談了不少往事，讓我恍如回到五十三年前的青春年代。那時候，我才十八歲，剛考上台大中文系，剛到陌生而充滿新鮮感的臺北，常投稿報刊雜誌，常拜訪前輩作家。有一天，我到西門町峨嵋街救國團去領新詩比賽得獎的獎金，順道去附近的《聯合報》和《公論報》社。我到《公論報》社問起副刊主編畢璞，說明我常有作品發表，就有人給了我她家的住址。距離報社不遠，在成都路、西門國小附近。那時候我年輕不懂事，大家也少用電話，所以就直接登門造訪了。見面時談話不多，記憶中，畢璞說過她先生也在《公論報》上班，她如何編副刊，還有她兒子正讀師大附中，希望將來也能考上台大等。辭別時，畢璞說了一句，聽說台大校園春天杜鵑花開得很盛很好看。我謹記這句話，所以第二年的春天，投稿信中附帶留言，歡迎她跟朋友來台大校園玩。就因為這樣，畢璞和鍾麗珠在民國五十一年的春季，相偕來參觀台大校園。

確切的日期記不得了。畢璞說連哪一年她都不能確定。我翻開我隨身帶來送她的光啟版散文集《微波集》，指著一篇〈鄉愁〉後面標明的出處，民國五十一年四月二十七日發表於《公論副刊》。經此指認，畢璞稱讚我的記性和細心，而且她竟然也記起了當天逛傅園後，我請她們到福利社吃牛奶雪糕的往事。

很多人都說我記憶力強，但其實也常有模糊或疏忽之處。例如那一天下午談話當中，我提起雨中路過杭州南路巧遇《自由青年》主編呂天行，以及多年後我在西門町日新歌廳前再遇見他，聽他告訴我「驚天大祕密」的時候，確實的街道名稱，我就說得不清不楚，更糟糕的是，畢璞再次提起她主編《婦友》月刊的期間，真不記得邀我寫過專欄。一時間，我真無辭以對。當事人都這麼說了，我該怎麼解釋才好呢？好在我們在談話間，曾提及王璞、呼嘯等人，似乎又給了我重拾記憶的契機。

我私下告訴德屏，《婦友》確實有我寫過的詩歌專欄，雖然事忙只寫了幾期，但這些文章後來都曾收入我的《先秦文學導讀‧詩辭歌賦》和《從詩歌史的觀點選讀古詩》等書中，白紙黑字，騙不了人的。會不會畢璞記錯，或如她所言不在她主編的期間別人約的稿呢？

那天晚上回家後，我開始查檢我舊書堆中的期刊，找不到《婦友》，卻找到了王璞主編的《新文藝》和呼嘯主編的《青年日報》副刊剪報。他們都曾約我寫過詩詞欣賞專欄，印象中有一個與《婦友》大約同時。尋檢結果，查出連載的時間，《新文藝》是民國七十一年，《青年日報》則是民國七十七年。到了十月十二日，再比對資料，我已經可以推定《婦友》刊登我詩歌專欄的時間，應該是在民國七十七年七、八月間。

十月十三日星期一中午，我打電話到《文訊》找德屏，她出差不在。我轉請秀卿代查，傍晚她回覆，已在《婦友》民國七十七年七月至十一月號，找到我所寫的〈古歌謠選講〉，當時的總編輯就是畢璞。事情至此告一段落。記憶中，是一次作家酒會邂逅時畢璞約我寫的。寫了幾期，因為事忙，又遇畢璞調離編務，所以專欄就停掉了。這本來就是小事一樁，無關宏旨，豁達的畢璞不會在乎這個的，只不過可以證明我也「老來可喜」，記憶尚可而已。

三

「老來可喜」，是畢璞當天送給我看的兩本書，其中一本散文集的書名，語出宋代詞人朱敦儒的〈念奴嬌〉詞。另外一本是短篇小說集，書名《有情世界》。根據書後所附的作品目錄，原來畢璞的作品集，已出三、四十本。她挑選這兩本送我看，應該有其用意吧。看《老來可喜》這本散文集，可知她的生平大概；看《有情世界》這本短篇小說集，則可知她的小說特色所在。初讀的印象，她的作品，無論是散文或小說，從來都不以技巧取勝，就像她的筆名一樣，是未經琢磨的玉石，內蘊光輝，表面卻樸實無華，然而在樸實無華之中，卻又表現出一個共同的主題。一言以蔽之，那就是「有情世界」。其中有親情、愛情、人情味以及生活中的情趣。因此，讀來特別溫馨感人，難怪我那罕讀文藝創作的妻子，也自稱是她的忠實讀者。

讀畢璞《老來可喜》這本散文集，可以從中窺見她早年生涯的若干側影，以及她自民國三十八年渡海來台以後的生活經歷。其中寫親情與友情，敘事中寓真情，雋永有味，誠摯而動人。寫懷才不遇的父親，寫遭逢離亂的家人，寫志趣相投的文友，娓娓道來，真是扣人心弦。

其中〈西門懷舊〉一篇，寫她康定路舊居的一些生活點滴，更讓我玩味再三。即使寫她身邊瑣事的小小感觸，寫愛書成癡，愛樂成癡，寫愛花愛樹，看山看天，也都能使我們讀者體會到「生命中偶得的美」，享受到「小小改變，大大歡樂」。「生命中偶得的美」和「小小改變，大大歡樂」，正是她文集中的篇名。我們還可以發現，身經離亂的畢璞，涉及對日抗戰、國共內戰的部分，著墨不多，多的是「此身雖在堪驚」，「老來可喜，是歷遍人間，諳知物外」。這也正是畢璞同一時代大多婦女作家的共同特色。

讀《有情世界》這本小說集，則可發現：畢璞散文中寫得比較少的愛情題材，都寫進小說裡了。畢璞說過，小說是她的最愛，因為可以滿足她的想像力。讀完這十六篇短篇小說，我們確實可以發現，她的小說採用寫實的手法，勾勒一些時代背景之外，重在探討人性，敘寫一些有情有義的故事。特別是愛情與親情之間的矛盾、衝突與和諧。小說中的人物和故事，有真有假，「真」的往往是根據她親身的經歷，「假」的是虛構，是運用想像，無中生有塑造出來的。她把它們揉合在一起，而且讓自己脫離現實世界，置身其中，成為小說中人。

因此，我讀畢璞的短篇小說，覺得有的近乎散文。尤其她寫的書中人物，大都是我們城鎮小市民日常身邊所見的男女老少，故事題材也大都是我們城鎮小市民幾十年來所共同面對的移民、出國、旅遊、探親等話題。或許可以這樣說，較之同時渡海來台的作家，畢璞寫的小說，罕有激情奇遇，缺少波瀾壯闊的場景，也沒有異乎尋常的角色，既沒有朱西甯、司馬中原筆下的鄉野氣息，也沒有白先勇筆下的沒落貴族，一切平平淡淡的，可是就在平淡之中，卻能給人親近溫馨之感。表面上看，她似乎不講求寫作技巧，但仔細觀察，她其實是寓絢爛於平淡。像〈生命共同體〉一篇，寫范士丹夫婦這對青梅竹馬的患難夫妻，到了老年還為要不要移民美國而引起衝突，高潮迭起，正不知作者要如何收場，這時卻見作者藉描寫范士丹的一些心理活動，利用廚房下麵一個小情節，就使小說有個圓滿的結局，而留有餘味。〈春夢無痕〉一篇，寫梅湘退休後，到香港旅遊，在半島酒店前香港文化中心，竟然遇見四十多年前四川求學時代的舊情人冠倫。四十多年來，由於人事變遷，兩岸隔絕，二人各自男婚女嫁，都已另組家庭，正不知作者要如何安排後來的情節發展，這時卻見作者利用梅湘的一段心理描寫，也就使小說有個出人意外而又合乎自然的結尾，不會予人突兀之感。這些例子，說明了作者並非不講表現藝術，只是她運用寫作技巧時，合乎自然，不見鑿痕而已。所以她的平淡自然，不只是平淡自然，而是別有繫人心處。

四

畢璞同時的新文藝作家，有三種人給我的印象特別深刻。一是軍中作家，以寫新詩和小說為主，強調創新和現代感；二是婦女作家，以寫散文為主，多藉身邊瑣事寫人間溫情；三是鄉土作家，以寫小說和遊記為主，反映鄉土意識與家國情懷。這是二十世紀五、六十年代前後臺灣新文藝發展史上的一大特色。這三類作家的風格，或宏壯，或優美，雖然成就不同，但套用王國維的話說，都自成高格，自有名句，境界雖有大小，卻不以是分優劣。因此有人嘲笑婦女作家多只能寫身邊瑣事和生活點滴，那是學文學的人不該有的外行話。

畢璞當然是所謂婦女作家，她寫的散文、小說，攏總說來，也果然多寫身邊瑣事，或者說，多藉身邊瑣事寫溫暖人間和有情世界。但她的眼中充滿愛，她的心中沒有恨，所以她的筆端流露出來的，每一篇作品都像春暉薰風，令人陶然欲醉；情感是真摯的，思想是健康的，真的適合所有不同階層的讀者。

一般而言，人老了，容易趨於保守，失之孤僻，可是畢璞到了老年，卻更開朗隨和，更為豁達，就像玉石，愈磨愈亮，愈有光輝。她特別欣賞宋代詞人朱敦儒的「老來可喜」那首〈念奴嬌〉詞。她很少全引，現在補錄如下：

老來可喜，是歷遍人間，諳知物外。
看透虛空，將恨海愁山，一時挼碎。
免被花迷，不為酒困，到處惺惺地。
飽來覓睡，睡起逢場作戲。

休說古往今來，乃翁心裡，沒許多般事。
也不蘄仙不佞佛，不學栖栖孔子。
懶共賢爭，從教他笑，如此只如此。
雜劇打了，戲衫脫與獃底。

朱敦儒由北宋入南宋，身經變亂，歷盡滄桑，到了晚年，勘破世態人情，不但主張不學栖栖皇皇的孔子，說什麼經世濟物，而且也認為道家說的成仙不死，佛家說的輪迴無生，都是虛妄的空談，不可採信。所以他自稱「乃翁」，說你老子懶與人爭，管它什麼古今是非，說人生在世，就像扮演一齣戲一樣，各演各的角色，逢場作戲可矣，何必惺惺作態，說什麼愁呀恨呀。一旦自己的戲份演完了，戲衫也就可以脫給別的傻瓜繼續去演了。這首詞表現的人生觀，雖然豁達，卻有些消極。這與畢璞的樂觀進取，對「有情世界」處處充滿關懷，是不相契的。我想畢璞喜愛它，應該只愛前面的幾句，所以她總不會引用全文，有斷章取義的意思吧。

畢璞《老來可喜》的自序中，說西方人把老年分成三個階段：從六十五歲到七十五歲是「初老」，從七十六歲到八十五歲是「老」，八十六歲以上是「老老」；又說「初老」的十年是人生最美好的黃金時期，不必每天按時上班，兒女都已長大離家，內外都沒有負擔，沒有工作壓力，智慧已經成熟，人生已有閱歷，身體健康也還可以，不妨與老伴去遊山玩水，或抽空去學習一些新知，以趕上時代。想做什麼就做什麼，豈非神仙一般。畢璞說得真好，我與內子現在正處於「初老」的神仙階段，也同樣覺得人間有情，處處充滿溫暖，這幾天讀畢璞的書，益發覺得「老來可喜」，可喜者三：老來讀畢璞《老來可喜》，一也；不久之後，可與老伴共讀「畢璞全集」，二也；從今立志寫自己不像傳記的傳記，彷彿回到自己的青春時期，三也。

民國一〇三年十月十五日初稿

（吳宏一：學者，作家，曾任臺灣大學中文系教授、香港中文大學中文系、香港城市大學中文、翻譯及語言學系講座教授，著有詩、散文、學術論著數十種。）

【自序】長溝流月去無聲——七十年筆墨生涯回顧

畢璞

「文書來生」這句話語意含糊，我始終不太明瞭它的真義。不過這卻是七十多年前一個相命師送給我的一句話。那次是母親找了一位相命師到家裡為全家人算命。我從小就反對迷信，痛恨怪力亂神，怎會相信相士的胡言呢？當時也許我年輕不懂，但他說我「文書來生」卻是貼切極了。果然，不久之後，我就開始走上爬格子之路，與書本筆墨結了不解緣，迄今七十年，此志不渝，也還不想放棄。

從童年開始我就是個小書迷。我的愛書，首先要感謝父親，他經常買書給我，從童話、兒童讀物到舊詩詞、新文藝等，讓我很早就從文字中認識這個花花世界。父親除了買書給我，還教我讀詩詞、對對聯、猜字謎等，可說是我在文學方面的啟蒙人。小學五年級時年輕的國文老師選了很多五四時代作家的作品給我們閱讀，欣賞多了，我對文學的愛好之心頓生，我的作文成績日進，得以經常「貼堂」（按：「貼堂」為粵語，即是把學生優良的作文、圖畫、勞作等掛在教室的牆壁上供同學們觀摩，以示鼓勵）。六年級時的國文老師是一位老學究，選了很多古文做教材，使我有機會汲取到不少古人的智慧與辭藻；這兩年的薰陶，我在不知不覺中變成了文學的死忠信徒。

上了初中，可以自己去逛書店了，當然大多數時間是看白書，有時也利用僅有的一點點零用錢去買書，以滿足自己的書癮。我看新文藝的散文、小說、翻譯小說、章回小說……簡直是博覽群書，卻生吞活剝，一知半解。初一下學期，學校舉行全校各年級作文比賽，小書迷的我得到了初一組的冠軍，獎品是一本書。同學們也送給我一個新綽號「大文豪」。上面提到高小時作文「貼堂」以及初一作文比賽第一名的事，無非是證明「小時了了，大未必佳」，更彰顯自己的不才。

高三時我曾經醞釀要寫一篇長篇小說，是關於浪子回頭的故事，可惜只開了個頭，後來便因戰亂而中斷，這是我除了繳交作文作業外，首次自己創作。

第一次正式對外投稿是民國三十二年在桂林。我把我們一家從澳門輾轉逃到粵西都城的艱辛歷程寫成一文，投寄《旅行雜誌》前身的《旅行便覽》，獲得刊出，信心大增，從此奠定了我一輩子的筆耕生涯。

來台以後，一則是為了興趣，一則也是為稻粱謀，我開始了我的爬格子歲月。早期以寫小說為主。那時年輕，喜歡幻想，想像力也豐富，覺得把一些虛構的人物（其實其中也有自己和身邊的人的影子）編出一則則不同的故事是一件很有趣的事。在這股原動力的推動下，從民國四十年左右寫到八十六年，除了不曾寫過長篇外（唉！宿願未償），我出版了兩本中篇小說、十四本短篇小說、兩本兒童故事。另外，我也寫散文、雜文、傳記，還翻譯過幾本英文小說。到民國一〇一年，我總共出版過四十種單行本，其中散文只有十二本，這當然是因為散文字數少，不容易結集成書之故。至於為什麼從民國八十六年之後我就沒有再寫小說，那是自覺年齡大了，想像力漸漸缺乏，對世間一切也逐漸看淡，心如止水，失去了編故事的浪漫情懷，就洗手不幹了。至於散文，是以我筆寫我心，心有所感，形之於筆墨，抒情遣性，樂事一樁也，為什麼放棄？因而不揣譾陋，堅持至今。慚愧的是，自始至終未能寫出一篇令自己滿意的作品。

為了全集的出版，我曾經花了不少時間把這批從民國四十五年到一百年間所出版的單行本四十種約略瀏覽了一遍，超過半世紀的時光，社會的變化何其的大：先看書本的外貌，從粗陋的印刷、拙劣的封面設計、錯誤百出的排字；到近年精美的包裝、新穎的編排，簡直是天淵之別。由此也可以看得出臺灣出版業的長足進步。再看書的內容：來台早期的懷鄉、對陌生土地的神奇感、言語不通的尷尬等；中期的孩子成長問題、留學潮、出國探親；到近期的移民、空巢期、第三代出生、親友相繼凋零……在在可以看得到歷史的脈絡，也等於半部臺灣現代史了。

坐在書桌前，看看案頭成堆成疊或新或舊的自己的作品，為之百感交集，真的是「長溝流月去無聲」，怎麼倏忽之間，七十年的「文書來生」歲月就像一把把細沙從我的指間偷偷溜走了呢？

本全集能夠順利出版，我首先要感謝秀威資訊科技股份有限公司宋政坤先生的玉成。特別感謝前台大中文系教授吳宏一先生、《文訊》雜誌社長兼總編輯封德屏女士慨允作序。更期待著讀者們不吝批評指教。

民國一〇三年十二月

目次

竹林裡的人家

剛剛還是麗日當空，忽然間飄來幾片烏雲，天畔只隱約起了幾聲雷響，豆大的雨點就吧噠吧噠地落了下來。

我站在半山上，四顧茫然，附近既沒有建築物，也沒有大樹或岩洞，到那裡去躲雨好呢？呀！那山坳裡有一片竹林，讓茂密的竹葉擋擋雨水不是比站在露天下面被雨淋好一點嗎？

我把頭上的草帽按緊，就開始向竹林跑去。雨愈來愈密，當我跑進竹林裡時，身上已經幾乎全濕。雨水透過草帽流下來，我的臉上已縱流著數不清的河川。竹葉子對擋雨似乎並不管用，雨水還是從枝葉間向我侵襲著，只是，林外下的是大雨，而林裡下的是小雨罷了！

我往竹林裡直鑽，明知往裡鑽也不會有多少好處，但是仍然懷著希望，希望找到一處枝葉比較密的所在，希望找到一塊可以庇蔭我的岩石；即使什麼都找不到，那麼，走著總勝過站在這裡被雨淋呀！

當我用手杖撥著交錯的竹枝竹葉，踏著又濕又滑的泥地前進時，忽然間，我聽到狗吠了的聲音。起初，我嚇了一大跳，差點跌倒。等我定下神來以後，我又不禁狂喜了。有狗吠聲，這附近一定有人家。我振作了一下，加速了步伐，狗吠聲也愈來愈響；不久，我就看見了竹林中有一幢灰色的平房，平房外面圍繞著一個小小的花圃。

我推開那道油漆已經剝落了的木柵欄，沿著碎石鋪道走向平房的門口。站在屋簷下，我脫下草帽喘著氣，一面掏出手帕揩拭著被雨水濕了的頭臉和手臂，一面敲著門。在狗吠聲中門被打開了，裡面露出了一張中年婦人蒼白的驚惶的臉。

「太太，對不起，我是過路的人，我可以進來躲躲雨嗎？」我說。

她睜大眼睛呆呆地看著我，那張蒼白尖削的臉在驚惶中還摻有其他複雜的表情。

「假如不方便的話，我站在這屋簷下面一會兒好了。」我想她也許不敢隨便讓一個陌生男人走進屋裡，就識相地走到門側站著。

「不，不，雨太大了。請進來吧！」那女人開口了，她的普通話帶著濃重的土腔，我聽不出是什麼地方的口音。

「那麼，謝謝你了，太太。」

我跟著她走進屋裡，一隻大黃狗撲過來向我全身嗅著舐著，她把牠趕走了。靠窗的書桌前坐著一個梳著雙辮的少女，正瞪大了眼睛望著我。我放下手中的草帽和背囊及手杖，對她點頭微笑，她卻露出一臉癡呆的表情。

「這是我的女兒，她從來不曾見過生人。」中年婦人對我說。「請坐下吧！呃！她不會說話，也聽不見的。」

「太太，對不起得很！我實在不應該打擾你們的，我還是站到外面去吧！」我不安地說。

「不，這沒什麼，我不能讓一個過路人在我的屋外淋雨。何況，你又是我們家十幾年來第一個客人？」

「你在跟誰講話呀？阿雯。」一個蒼老的聲音從房間裡傳出來。

「媽，是一位來避雨的人。」她連忙回答了，然後又對我說：「那是我的婆婆。先生，你的衣服濕得太厲害了，讓我去找一套給你換。」

不等我回答，她就走到裡間去，剩下那個女孩子還在愣愣地望著我。我因為全身濕透，不便坐下，只好走到另外一面窗子前去看外面的雨景。雨下得正酣暢，竹林被風雨吹打得嘩啦嘩啦直響。花圃的泥地上積滿了雨水，柔嫩的花朵在風雨中不斷地抖索。

那位太太抱了一疊衣服出來交給我，說：「先生，你去換一換吧！否則你會受涼的。浴室在那邊，我帶你去。」

我跟著她走到後面去，她替我把浴室的門打開，就退了出去。這間浴室只是一間五尺見方的小房間，裡面放著木桶木盆和小木凳，看起來就像我小時家鄉的東西。我打開手中的那疊衣服，一套白綢中裝衫褲，一套白色的內衣褲，很清潔，還發散著樟腦的氣息，可是卻是泛黃的，不曉得有多久沒有穿過了。我把全身的濕衣服脫下，晾在一根繩子上，穿上那兩套乾淨的衣服，剛好合身。

我走出客廳，母女兩個人四隻眼睛一齊盯著我，盯得我臉都紅了。

「太太，真太謝謝你了，衣服很合身。」我訥訥地說。

「啊！是嗎？」那位母親像突然驚覺地說。「先生，這裡有熱茶，快來喝吧！」她指著她對面一張竹茶几上那杯冒著熱氣的茶。

「謝謝你。太太，我可以請問貴姓嗎？」她這樣好心地款待一個避雨的路人，使我衷心對她感激。

「我姓蕭。先生呢？」

「姓李。」

說完了這句話，我們就都沉默著。我本來有許多話想問她的，又覺得不便開口。我端起那隻粗瓷杯，一口一口地慢慢啜著熱茶，一面細細打量室中的一切。全是使用到已經變成褐色的竹製家具，很簡陋，但是卻很整潔；當中小几上一個瓦瓶隨意地插著幾朵雜色的花，正好調劑了室中的單調氣氛。這時，我又發現母女兩人的面貌竟是出奇地相像，同樣是纖弱而絹秀，眼睛裡有著夢幻的神色；而且，她們的裝束都是過了時的，母親梳著短短的直髮，女兒梳著雙辮，兩個人身上穿的都是寬大的褪了色的花布旗袍。

住在荒野外的竹林裡，十幾年沒有來過客人，使用古老的家具，穿著過時的服飾，這是個什麼人家啊？

雨還在吧噠吧噠地下著。難道真的「下雨天留客」？

「蕭太太，你們在這裡住了很久了？」我不得不找話來打開僵局。

「是的，很久很久了。十五，不，十六年了，剛來的時候我們小雯才只兩歲多。」蕭太太指了指她的女兒說。

少女看見母親指她，立刻就咿咿呀呀地指手畫腳的。蕭太太走過去摟著她的肩也用手比劃了一番，才使她安靜下來；但是，兩隻朦朧的眼睛還是注視著我。

「蕭太太是從那裡來的？」我又問了。

「閩東的霞浦。」

「哦！」我應著。怪不得她的口音那麼難懂。

「李先生府上那裡？」

「浙江。」

「和我們很近。」

「是的，不遠。」我笨拙地應著。過了一會兒，又想出了一句話：「蕭先生在那裡得意？」

「我先生早已過世了。」她低低說，蒼白的臉孔上掠過一片陰影。

「啊！對不起得很，我不應該問的。」我恨死我自己了，為什麼要這樣多嘴呢？又沉默了一兩分鐘，雨還在下。天啊！快點晴吧！我為什麼要闖進這樣的一個人家裡？

蕭太太睜大眼睛瞪著我，她的女兒也睜大眼睛瞪著我；同樣的朦朧眼色裡，都有著夢幻的表情。

「阿雯，那位避雨的先生走了嗎？」房間裡蒼老的聲響又在叫著。

「媽，還沒有哪！」蕭太太回答說。

「阿雯，你請客人到我房間裡，我要和他談談。」

蕭太太望著我小聲說：「李先生，我婆婆請你進去坐。她已經七十多歲，眼睛瞎了好幾年。她寂寞得很，你去陪她談談好嗎？」

我點點頭，站了起來，跟著她走進內室。

在那間光線黯淡的小房間裡，一個瘦小的老婦人盤膝坐在床上。她梳著髮髻，穿著寬大的黑布衫褲，還纏著小腳，完全是以前大陸鄉間老太太們的裝束。

「媽，李先生來了。」蕭太太對老婦人說。

「老太太，您好！」我說。

「李先生，你過來。」老太太伸手在空中摸索著說。

我走到床前，她伸手先摸到我的衣袖，然後又摸到我的肩膀，把我的身體扳向前，就用兩隻乾枯粗糙的手在我的頭上、臉上和身上慢慢地觸摸著，半天，才把我放開。

「李先生，你今年幾歲了？」老太太裂開沒有牙齒的嘴巴說。

「三十了。」我說。

「三十，」老婦人喃喃地說。「真巧！永年死的那年也是三十。阿雯，你看李先生是不是有點像永年？他穿起永年的衣服合多身呀！」

沒有人回答。我轉過頭去，蕭太太瘦小的影子正飄然地閃了出去。

「真是的！阿雯，你又在難過是不是？人都死了十幾年了，還難過什麼？你看，我都不難過。李先生，來，坐下來，我要跟你談談。」老婦人拍著床沿說。

我無可奈何地走過去在床側坐下。

老太太執起我一隻手不斷地撫摩著，一面問：「你娶過親沒有？」

「沒有。」一個陌生人一開口就問這個問題，雖然她的眼睛看不見，但是，我的臉紅了。

「你是做什麼生意的？」

我忍住笑。「我是教書的。」

「哦！你是個好人，我喜歡你。可惜我們小雯是個小啞巴，配不起你，不然——」

「老太太，我還有事，我要告辭了。」我慌張地站起身來想走，卻被老婦人用力拉往不放。

「你不要走，我還要跟你談。我苦得很，十幾年來，除了阿雯，幾乎沒有第二個人聽我講話。我的眼睛是哭永年哭瞎的，他為什麼要再回去一趟呢？不回去就不會遇到那次輪船失事了。我告訴你，他回去是想多帶一些貨來賣，想多賺一些錢，要是早曉得有這樣的結果，我真是怎樣也不會放他回去的。一切都是命中註定，你說是不是？」老婦人執著我的手說。

「你們為什麼要住在這麼偏僻的地方呢？家中只有三個女人，不害怕嗎？」我問。她的故事漸漸引起了我的興趣。

「害怕？不，我們不害怕。我們還有一個女僕王媽，她下山買東西去了，等一下你會見她的。還有來喜，就是那條大黃狗，牠真是我們最忠心的僕人，有了牠我們就什麼也不怕了。」老婦人的手在我的手背上撫摸著，我有著被砂紙摩擦的感覺。

「你們是一來臺灣就住在這裡的嗎？」我輕輕把手挪開，繼續問下去。

「可不是嗎？我還記得，我們在臺北住了三天旅館就搬到這裡來了。我愛清靜，阿雯愛清靜，小雯又是個小啞吧，我們怎能和別人住在一起呢？所以，永年——」老太太微仰著頭，向室中瞪著看不見的雙眼，似乎沉湎在回憶裡。

「媽！」蕭太太忽然闖了進來，慌慌張張地叫了一聲。

「什麼事呀？阿雯。」老太太。

「沒什麼。」蕭太太面色蒼白，喘著氣，那雙望著我的眼睛充滿了煩惱的神色。

「沒有事為什麼大呼小叫呢？這麼大一個人了！」老太太表面雖然是在責備她，聲調卻是很溫柔的。

「媽，您就少說兩句吧！人家李先生又不認識我們。」蕭太太的眉頭鎖著無限幽怨。

「不認識我們有什麼關係？李先生是個好人，他願意聽的。李先生，你說是不是？」老太太衝著我問。

「沒有關係的，我願意聽。」除了這句話，我還能說什麼呢？

「阿雯，你看，是不是？」老太太得意地對她的媳婦說。「王媽回來了沒有？叫她多弄點菜，請李先生在這裡吃晚飯。」

「還沒有哪！雨這麼大，叫她怎麼回來嘛？」

「老太太，謝謝您的好意，我不能在這裡吃飯。路不好走，我必須在天黑以前離去。」我急急地說。

「路不好走？誰說的？山下就有公路車，從這裡到車站，走十分鐘就到了。我雖然已經有十年多沒有出去過，可是我記得是這樣的。阿雯，是不是？」

「是的，媽。」

「走十分鐘就到車站？我剛才在山上逛了半天，又在竹林裡鑽了好久才找到這裡的呀！」我狐疑地說。

「哦！你一定是從後山繞過來的。我們門前有一條小徑可以下山去，根本就不需要穿過竹林。」

蕭太太說到這裡，小雯也從客廳走進房間裡來了。她的眼裡也帶著她母親剛才那種驚懼疑惑之色。她走到她母親身旁坐下，彼此用手摟著對方的腰，看來真像一對親愛的姊妹。

「李先生，怎麼樣？沒有理由推辭了吧？」老太太得意地問我。

「不，老太太，我不能無故打擾的。等雨停我就要走了。」

「好吧！你這樣固執我也不勉強你。我相信天會替我留客的。聽，雨還下得這樣大。」老太太顯然有點不高興，一面說，一面伸直腰，用手伸到背後去輕輕搥著。

蕭太太連忙放開女兒走到床前說：「媽，您累了，休息一下吧！我會留李先生的。」

我站起身走開。蕭太太扶老婦人躺下，替她搥著腰背。我乘機退出客廳中。

我走到窗前，看見窗外雨雖然下得正大，但天空已有一點晴意。心裡想：「天大概不至留我在這裡吃晚飯吧！」

無意中，我瞥見另外一扇窗前那張書桌上有一本攤開的畫本，走過去一看，攤開那一頁，赫然是我自己的速寫像：一綹頭髮垂在額前，鎖著雙眉，抿著嘴巴，滿臉不在乎的表情，畫得的確傳神。我又翻開上面幾頁，有老太太盤著膝手撚念珠的速寫；有蕭太太正面、側面、半身、全身的各式畫像；有大黃狗或蹲或站；有她們這間屋子、遠山和門前花圃的寫生；此外還有一個肥碩的半老婦人臉部的特寫，我猜那一定是王媽。

那個聾啞的少女居然會畫得一手好畫，這是多麼令人難以置信啊！

我正在翻看著時，小雯忽然從房間裡跑出來，走到我面前，一手把畫本搶走，抱在懷裡，又走回裡間。

我愣在那裡，正在不知如何是好時，她又走出來了，後面還跟著她母親。

小雯笑盈盈地走向我。我在她家有一個鐘頭了，還沒有看她笑過，她笑起來原來挺可愛的。她走到我面前，雙手把畫本交給我，然後低頭露出了難為情的樣子。

蕭太太一直跟在她身邊，現在，她用手摟著女兒的肩膀，雙雙站在我面前。她說：「李先生，請你原諒她的無禮，她從來不曾看過陌生人，尤其是男人，她有點緊張。」

「是我不好，我不應該隨便翻看她的東西。蕭太太，你的小姐畫得一手好畫，是誰教她的呢？」我還在欣賞我自己的「肖像」。

「沒有人教她，她從小就喜歡畫畫，是自己亂畫畫出來的。」蕭太太的眼睛亮了起來，她用手勢告訴給女兒，於是，女兒的眼睛也亮了。

窗外的雨漸漸小了，但是，我卻還有問題要問。

「小姐有沒有去上學呢？」我知道這句話是多餘的，因為她從來沒有見過陌生人。

「沒有。」

「為什麼呢？」

「因為我不能放她離開我，即使五分鐘也不行，這就是為什麼我十五六年來沒有下過山一步的原因。家裡一個瞎眼的老婆婆，一個又聾又啞的女孩子，你叫我怎放心走開？」蕭太太把女兒摟緊一點，彷彿怕她失去似的。

「你們不是有個女僕嗎？」

「是呀！她是個很可靠的女僕，是我們從家鄉帶出來的。她替我們燒飯、洗衣、種菜，把菜挑出去賣，買日用品回來，什麼都做得很妥當；可是，我還是不放心把女兒和婆婆交給她。我們三個人，三代等於一體，是分不開的。」蕭太太的眼睛裡發射出一股堅毅的光芒。從她那嬌小的身軀看來，簡直使人難以相信她是這麼一個堅強的女性。

「蕭太太，你是一位偉大的母親和孝順的媳婦，我很佩服你。不過，以蕭小姐的繪畫天才，不進學校不可惜嗎？」我望著窗外，雨已幾乎停了，玻璃窗上反射出淡淡的斜陽。

「我不覺得可惜，因為我已教會了她讀書和寫字，繪畫她只是用來消遣罷！」

「是嗎？你們兩位真了不起！」我由衷地讚嘆著，然後又問：「還有，恕我多事，關於小姐的缺憾，你們有替她找過醫生嗎？」

「沒有辦法，她的聾啞是先天的，醫不好。」蕭太太神色黯淡地說。突然她又變得興緻勃勃起來。「你要跟她筆談嗎？」

「不了，雨已經停止，打擾了你們半天，我該走了。」

「你不是答應了我婆婆吃過晚飯才走的嗎？」蕭太太露出了失望的表情。

「謝謝你們，我真的有事要趕回去辦，不能再躭擱了。我的髒衣服先帶回去，身上穿的等回去洗過再送還給你們可以吧？」我硬著心腸說。

「那麼，你會再來？」蕭太太立刻又展露出一個欣悅的、孩子般的笑容。我覺得她也天真得像個孩子。

「當然哪！我必須把衣服送來嘛！是不是？」說著，我先到浴室去，把那些剛才被雨淋濕還沒有乾的衣服捲成一團拿出來塞進背囊裡。

「蕭太太，帶我進去向老太太告辭好嗎？」我說。

「不必了，她剛剛睡著。等一下她醒來找不到你一定會罵我的。」蕭太太望著我，她的大眼睛又出現了夢幻的朦朧陰影。

「那麼請你告訴她老人家，說我會再來。」

我跟她要了紙筆，我在紙上寫了幾句話給小雯：「你很有繪畫的天才，祝你前途無量。再見！祝福你們全家！」

我遞給她看，她立刻興高采烈地在後面接著寫下去：「謝謝你！請你一定再來！祖母、媽媽和我都很喜歡你。」

蕭太太的臉紅了一下，說：「這孩子！」

我把草帽戴上，揹起背包，拄起手杖，向蕭太太鞠了一躬說：「蕭太太，再見！謝謝你的招待。」

母女兩人手拉手送我走到門外，那條大黃狗不知從那裡又鑽了出來，也搖頭擺尾的跟在她們後面。

站在屋前，我指著花圃中被雨洗過加倍鮮妍的花朵，隨口地說：「蕭太太你真有閒情逸緻！」說完了，又覺得自己失言。

「啊！不！這一老一小就夠我忙的了，那來的閒情逸緻？這都是王媽種的。後面還有一個菜園，它解決了我們的生活問題。你要參觀嗎？」

「好呀！」我欣然同意。

蕭太太拉著女兒的手走在我前面。她們同樣穿著寬大的舊花布旗袍，一般高矮，一般的身段；除了髮型不同外，從後面看簡直分不出誰是母親誰是女兒。

屋後，仍是竹林圍繞著。在一片大約有十坪的土地上，一個美麗的園圃呈現在我眼前。一畦畦的番茄、黃瓜、白菜、蘿蔔……都長得又肥又大，旁邊有幾棵木瓜樹，也已結實纍纍。我望著這一對穿著過了時的服裝，十幾年不曾下過山去的母女不覺迷惘起來，她們過的簡直是葛天氏之民的生活呀！而我，卻是個誤入桃花源裡的漁夫。

我本來想說：「我真羨慕你們的生活。」可是，又覺得不怎麼合適。於是，我改口說：「王媽真了不起！我倒想見見她哩！」

「她一定快回來了，蕭先生不如吃了飯再走吧！」蕭太太帶著期待的表情望著我。在夕陽殘照下，她蒼白的雙頰現出了淡淡的紅暈。我瞥了瞥站在她身旁的小雯，很吃驚地發現她和她母親完全一樣，腮畔也泛著紅霞。

「我真的還有事，謝謝你了，蕭太太，再見！」我把臉上驚愕的表情收斂起，禮貌地回答了她，舉手向她們兩個揮了揮，就大踏步走到屋前，跨過小徑，推開了木柵欄的門。這時，我才發現門前有一條小徑，想來就是蕭太太所說的通往山下的路。

我才走了兩步，就聽見蕭太太在後面叫著我。我回轉身去，看見她母女倆正氣吁吁地追出來。

我回到木柵欄邊站定。「蕭太太，有什麼事嗎？」我的心在卜卜地跳，惟恐發生也什麼可怕的事。

「李先生，」蕭太太喘著氣說。「小雯要把她的畫送給你。」

小雯滿臉煥發著興奮的神色，可是又帶著一點羞澀的表情，把手中的一張白紙交給我，那，正是她替我畫的速寫像。

我接了過來，凝視著畫中抿緊了嘴巴的自己，眼睛不自覺地就濕潤起來。但是，我極力把淚水擠回去，裝出一個可親的微笑對小雯說：「你真好！謝謝你。」

她也微笑著，朦朧的大眼裡蘊藏著無限情意。啊！小雯，但願你明白我心裡對你的感激。

忽然間，一個意念在我的腦海中掠過。我問蕭太太說：「蕭太太，蕭小姐的閱讀能力怎麼樣？我想送一些書給她。」

「啊！她已經有高中學生的閱讀能力了。」做母親的臉上立刻露出了驕傲的表情。

「請把你們的地址告訴我，也許我要寄些書來。」我又說。

「那麼，難道李先生不再來了？」蕭太太緊張地問。

「當然要來，不過，我不能夠連你們的地址都不知道呀！」我不安地說。

蕭太太把地址告訴了我，我把它抄在記事本上。然後小心地把那張速寫放進背囊裡，第三次向她們說了再見，就走向小徑。

走了七八步，我回過頭去看。在淡紫色的暮靄中，那一對母女猶自並立在木柵欄前面，凝眸望著我。我又向她們揮揮手，加速了步伐，走進小徑中。暮色四合，小徑西側的竹林在我的四周交織成一個巨大的黑影，使我有著從一個夢走進另外一個夢中的感覺。

在小徑中走了兩三分鐘，就走到竹林盡頭。面前豁然開朗，腳下就是下山的土階。我才下了幾步，迎面走上來一個壯碩無比的鄉下女人。她兩手都提著沉重的籃子，卻仍是健步如飛。她一看見我，臉上就露出驚疑和戒備的神色，兩隻銅鈴似的大眼狠狠地瞪著我。我一看就知道她是王媽，不自覺地就對她笑了笑；但是，相反地，她的神色更兇惡了，她把我從頭到腳地打量著，彷彿把我當作是一個小偷。然後，她似乎想起了什麼，她一定是發現我穿了她主人的衣服，低低地驚叫了一聲，立刻就邁開大步，匆匆從我身邊掠過，急步上山去。

有了這麼一個忠心耿耿的僕人，還有那條忠心的大黃狗，我相信她們一家必定會平安的。我衷心為她們祝福著。

果然像蕭太太所說一樣，五分鐘就走到山下了。山下就是公路，路旁有一家雜貨店、一間郵政代辦所、一間冰店、一間小吃店，都已燈火通明瞭。公路局的車站就設在雜貨店前門。這個小鎮，是我來時那個鄉鎮的前一站。想不到夏日午後一場急雨，竟使我從那個小鎮走到另一個小鎮，同時也使我做了一次誤入桃花源的漁父。坐在搭客疏落的公路車裡，我又一次取出那張速寫來欣賞。那淡淡的筆觸、細細的線條，表示出它是出自一隻溫柔的手；而那傳神的筆調，啊！又交織著多少少女的純情。小雯，但願我能在來，但願我能夠使你快樂，使你一家快樂。你，寂寞的少女，加上一個寂寞的母親，一個寂寞的瞎眼老祖母，我多願意分擔你們的寂寞啊！但是，我們原來是陌生人，就讓我們當作不曾相識過，仍然做陌生人吧！

當你把這幅畫交給我，臉上露出羞澀而又情深款款的微笑時，我已不準備再來了。我說過，我們原是陌生人，何必牽惹上感情的瓜葛呢？還有，你母親那雙夢樣的眼睛也使我害怕啊！你祖母說過我有點像你父親當年，我了解她的感情。

我不會再來了，小雯。衣服我會寄還給你們，我還要寄一些書給你。《小婦人》、《簡愛》、《葛萊齊拉》、《茵夢湖》……在那裡面你將會發現一個新的天地，我相信你一定愛看的。你有一個偉大的慈母，你是幸福的。你雖然聽不見，說不出話；可是，這也許是你的福氣，因為你不必聽醜惡的聲音和說自己不願說的話。別了，我會永遠為你們祝福的。希望你們的山中歲月永遠和平，永遠寧靜；希望你們的年華永遠和你們屋前屋後的青山綠竹一樣共長青翠。

民國五十三年《聯合副刊》

花與海

坐在汽車上，我一面咬著煙斗，一面斜睨著身邊正襟危坐的任大為。由於他面頰上的肉太多，我從側面幾乎看不到他的鼻子。我看到的，只是一團肥肉上面眼角下垂的小眼睛以及層層疊疊的雙下巴。這就是二十年前憑著他的財和勢奪去了我的戀人的人嗎？無疑地，他的財富已與日俱增；然而，他當年的模樣而今安在？誰會相信這個一身臃腫的人當年曾經是個美男子？我在心底微微起了一絲快意；不過，這絲快意立刻被一股惆悵之情取代了。悠長的歲月與豐富的人生經歷早已把我磨鍊得鎮靜而又恬淡，喜怒哀樂、七情六慾，都不足以震撼我、搖動我，何況，那是二十年前的一段兒女私情？惆悵的是：我竟無緣再見她一面。

兩個鐘頭以前，我出席臺北文藝界人士為了歡迎我而設的午宴。當我和與宴人士一一握手寒暄以後，負責招待我的那位先生引我走到一個大胖子前面說：「唐先生，我特地給您找了您一位老同學來作陪。我們聽任先生說，你們兩位已經有二十年沒見過面了，是嗎？」

我瞪著面前那個有如日本摔角家體型、頭頂光禿的中年紳士愣了半天，竟想不出他是誰。

他卻先伸出一隻肥厚多肉的手來緊緊握住我的手說：

「唐陵兄，我是任大為，你不認得我了嗎？」

「任大為？」我重複著這三個字，竭力想從他那張團團的圓臉上找尋他昔日的影子，但是，我找不到。

「我變得癡肥而醜陋，難怪你認不得我了。你倒沒有怎麼變，還是老樣子。難得到臺灣來，為什麼不把太太也一道帶來？」他親熱地拉著我要我坐在他旁邊。

「我還沒有結婚。」我說時仍然用眼睛在他臉上搜索著，想找出一些可以證明二十年前任大為的痕跡。

「真是難以相信，一位大教授、名作家，會到現在還沒有結婚？你騙我的吧？」說著，他哈哈地大笑起來。他的笑聲豪放而洪亮，就像一般的胖子們一樣。奇怪，連笑聲也改變了，我記得他以前不是這樣笑法的。

「大為兄，是真的，我沒有騙你。你呢？一副面團團的富翁相，你現在的頭銜是什麼呀？」我說。

「也沒什麼，做點小生意罷了。」他一面說著，一面從口袋中拿出一張名片交給我。名片上列著一大堆頭銜，全是什麼董事長總經理之類。我瞥了一瞥，把名片放進上衣袋裡，順口的說：「大為兄，你真了不起啊！」

「那兒的話，這算得了什麼？像你這樣名滿海內外才真是了不起哩！」他一面說，一面用手拍著我的膝蓋。

「大為兄，我們多年沒見面，你不是為了要向我說捧場的話而來的吧？」他對我的過於親熱，使我感到有點煩厭。

「不！不！唐陵兄，絕對不是！絕對不是！我來見你，是為了要請你到我家裡去住幾天。」他似乎完全不知道我對他的感想，居然更進一步伸過手來握住我放在沙發扶手上的手。

「不，大為兄，我在臺北逗留的日子不多，我還要到東部和南部去看看，非常感謝你老兄的一番美意。」

「你這次來是個人觀光性質，又沒有固定的日程，多住幾天有什麼要緊。」他的語調很懇切。

「不是，我覺得還是住在旅館裡自由些，有好幾位朋友要招待我我都推辭了。大為兄，不好意思打擾你！」

「唐陵兄，你是不是還記掛著以前的事？」他忽然把聲音壓低說：「她已經死了。」

我把臉轉過來，望著他小眼睛裡黯淡的神色：「啊？是什麼時候的事？」

「快十年了，是肺癌奪去了她生命的。她一直不怎麼快樂，到她死後我才知道。」他在喃喃自語。

「大為兄，我很替你難過。」我握住了他的手。這個晴天霹靂，頓時使我的心情很沉重。

我們沒有辦法繼續談下去，因為主人催我們入席了。在席上，任大為被安排坐在我的旁邊；他雖然是席上唯一不屬於文藝界的人，不過，大家對他似乎都很稔熟，也很尊敬，我看得出他是個社會上有地位的知名之士。

散席後，他又親切地捉住了我的手說：「唐陵兄，現在就上我家去怎麼樣？我的女兒現在正放暑假在家裡，她是我唯一的孩子，相信你會喜歡她的。」

就這樣，我坐上了他的汽車，為了秋雯的死，我不忍拒絕他的要求。他的司機把車子駛出了臺北市，一路上，我沉默著。

「唐陵兄，快到了。」他的大手又壓上我的膝蓋。

我茫然抬起頭來。眼前看到的是：左邊是一道寬濶的河流，連接著河流的便是大海；右面是山，山腳和山腰上疏疏落落地分布著一幢幢精緻的小洋房，一望而知道是高尚的住宅區。尤其是面前的大海，給予我極大的好感，雖然我在香港住了恁些年，香港的四周都是海，不知是不是看厭了的緣故，總覺得它缺乏詩的意境，而目前這一片海景，卻充滿了自然美的感覺，竟對它發生了喜愛。

「這裡環境不錯！大為兄，你倒很夠眼光啊！」我由衷的讚美著他。想不到以他這種滿身銅臭的人，居然會選擇這個地方來蓋房子，真有點不可思議。

「是她看中這裡的。」他說，聲音有點瘖瘂。

「嗯！」我低聲地應了一個字。

汽車拐了個彎，駛上一道斜坡，不一會兒，就在一道綠色的鐵門外停了下來。

推開門，任大為走在前面帶路。花園的面積不算大，但是它的布置不俗，足以顯示出設計者的思想和品質，於是，使我想起了她——秋雯。一座籐蘿架擋住了小徑上的陽光；小徑的右面是花圃，不規則地種滿了各種花卉；左邊是草坪，草坪中央是個小小的噴永池，池面有幾朵盛開的睡蓮，池裡還養著名種的金魚。

當我們正走上屋前的石階時，屋子裡有少女的聲音在叫著：「爸爸！爸爸！」接著，大門被推開，一個披著長頭髮穿著一件淡黃色衣裙的女孩子像風一樣衝了出來，撞進了任大為的懷裡。

任大為立刻眉開眼笑，摟著女兒的肩膀對我說：「唐陵兄，這是我的女兒霏霏。」然後他又對女兒說：「這位就是名作家唐陵唐叔叔。」

少女抬起頭睜著一雙大眼睛看著我，不相信地問：「你就是唐陵？」

「是啊！難道你以為我是假的嗎？」我微笑著說，同時，心裡又泛起了一絲惆悵。面前這個少女，多麼像當年的秋雯呀！這雙的溜溜地靈巧的大眼睛，這個菱形的小嘴，這張白嫩的瓜子臉，還有高挑纖細的身材，一切都像是秋雯的翻版，所不同的只是，她比她母親活潑得多就是。

「爸爸，唐叔叔是您的朋友？」少女仰著頭，滿臉驚奇地問。

「當然囉！我們當年還是同學哩！」任大為一面回答，一面引我走進一間布置豪華的客廳。立刻，就有一個服裝整潔的女僕送來三杯冰果汁。

「爸爸，您為什麼不早點講？唐叔叔是我最崇拜的作家，我要是知道他是您的同學，就可以向同學們炫耀一番了。」霏霏在她爸爸懷裡撒著嬌。

「哦！原來你只是為了要炫耀。你從來不講，爸爸又怎知道誰是你最崇拜的作家呢？」任大為放開了女兒，一面用手帕擦著汗，一面招呼我坐下。屋子裡裝著冷氣機，一點也不熱，而他還在揩著汗，這就是胖子。

「爸爸一點也不關心人家。您沒看見我書架上擺的全是唐叔叔的作品嗎？」霏霏說到這裡又轉向我說：「唐叔叔，您的書我全都有，等一下請您替我簽名好嗎？」

「好呀！」我點著頭說。

「霏霏，唐叔叔剛剛到，你不讓他休息休息？」任大為說。

霏霏不理他，逕自走上樓去。

「我這孩子任性得很，是被我寵壞了的。你看，她居然怪我不關心她，父母難做得很啊！還是你單身一個自由自在。」任大為望著女兒的背影，苦笑著對我說。

「你有沒有再娶？」我看著他說。

「試過一次，可是不到兩個月就被霏霏氣走了。」他搖頭嘆息著。

霏霏蹦跳著從樓梯上下來，手中捧著一疊書，遠遠望過去，從封面的顏色看來，我就知道那些都是我的小說。忽然間，我微微感到不安：這個似乎還不懂事的小女孩為什麼會偏愛我的作品呢？我的作品文字晦澀而帶有濃厚的哲學思想及輕微的憂鬱色彩，只適宜於中年人看，年少的一輩是難以領會的。任大為連女兒喜歡看什麼書都不知，可見他對文藝這東西是無緣的，難道這是她母親秋雯給予她的影響？可是，秋雯已死去十年，那時霏霏還很小，又怎會懂得這些呢？

想著霏霏已一古腦兒把那堆書放在我面前的玻璃面茶几上了。

「你這孩子真不聽話，唐叔叔剛坐定，你就給他找麻煩。」任大為皺著眉頭說。不過，他的聲音卻是溫柔的。

「不妨事的，簽幾個名字沒有什麼。」我說。一面掏出自來水筆，開始在每本書的扉頁上簽上我的名字。

「唐叔叔的字好帥啊！」霏霏坐在我的旁邊，把身子靠著我，讚嘆著說。

我笑笑，沒有說話。

八本厚厚薄薄不同的小說集子全簽過了，霏霏把書疊得整整齊齊，如同寶物似地將它抱在胸前，偏著頭問我：「唐叔叔，在您這些作品當中，您最喜歡那一本？」

任大為向我一聳肩一攤手，表示他對這孩子毫無辦法。

我微笑著，反問她：「你呢？你最喜歡那一本？」

「不，我要唐叔叔先說。」她撒嬌了。

「我嘛！我比較喜歡這本《煉獄》。」我指著其中一本說。在那篇小說裡面，我描述一個中年獨身漢如何擺脫情慾及名利的羈絆而獲致恬淡的生活，那個主人翁有一點點是我自己的影子。

「《煉獄》？為什麼呢？」霏霏顯然是不同意。

我知道她不會喜歡這一本的。我說：「霏霏，我覺得我所寫的小說每一本都不夠好，但我比較偏愛這一本，只是認為它比較成熟就是。」

霏霏睜著兩隻大眼睛看著我，沉默不語。過了一會兒，又問：「那麼，《紅豆》呢？您喜歡不喜歡？」

「你呢？」我反問她。

「當然喜歡，我喜歡極了，我就是因為看了《紅豆》才開始喜歡唐叔叔的作品的。裡面那個男主角真英俊，兩個女主角也很可愛。」霏霏的眼裡閃著光，兩個漆黑的瞳仁透過長睫毛凝視著我說：「以前，我以為男作家都是戴著近視眼鏡的老頭子，女作家都是直頭髮的老太婆；現在，看見了唐叔叔，才知道我的想法是錯了。」

任大為聽了女兒的話哈哈大笑。

我把一副淺度的老花眼鏡從口袋中拿出來架在鼻樑，故意沉著聲音說：「我也是個戴眼鏡的老頭子呀！」

我以為霏霏看了一定會笑個不停的，然而她並不，卻定睛地望著我，眼裡露出了迷惘的神色，說：「唐叔叔，您戴起眼鏡更好看了，就像格雷哥里畢克在《梅崗城故事》中那個樣子。」

這一來，不由得我不發笑了，活了四十多年，如今才第一次聽見有人說我「好看」，霏霏真可說是獨具隻眼了。

「霏霏，你把書拿上去吧！我看應該讓唐叔叔休息了。」任大為接著又對我說：「唐陵兄，回頭我帶你去看看房間，假如你認為這裡還清靜的話，你就在這住幾天吧。」

「好的，大為兄，我已經愛上這裡的環境了。」我把眼鏡拿下，很爽快地回答。任大為對我看來不像虛假的親熱勁，以及霏霏的活潑可愛都使我對這裡發生好感。

「唐叔叔要住在我們這裡？好極了！爸爸，回頭讓我帶唐叔叔去看房間。現在，唐叔叔，我要您回答我剛才問的問題。」霏霏在向我們「二老」撒嬌。

《紅豆》是我早期的作品，也是我的成名作。我寫一個青年畫家因為想忘記那拋棄了他的戀人而遠遊歐陸，可是，他始終對她無法忘懷。在歐洲，一個多情的西班牙少女熱戀他，但是他沒有接受她的愛，依然懷著一顆破碎的心回國，終身不娶，以繪事渡過餘年。這本小說很多人喜歡，因為它夠通俗，我當年也喜歡它，現在卻覺得它有點幼稚了。雖然，我所描寫的那個畫家就是我自己的影子。

「唔，霏霏，假如你喜歡它，我也喜歡。」我沉吟著，終於圓滑地回答了她。

「不行，唐叔叔，您這樣的回答太不夠誠懇了。」她又在撒嬌了。

「這還不滿意嗎？以你的意見為見。」我說。

「不好，唐叔叔好虛偽啊！」她抱著書，嘟著嘴，一副淘氣模樣。

「霏霏，不要鬧了，你不是說要帶唐叔叔去看房間嗎？」任大為替我解圍。

「對！唐叔叔，我們走！」霏霏聽了立刻跳起來，改用一隻手抱書，一隻手就來拉我。

我對任大為笑了笑搖搖頭，就被霏霏拉扯著上樓去。

霏霏蹦跳著領我走進一間房間。粉紅色的床單、窗幔以及粉紅色的家具，床上還躺著個洋娃娃，一看就知道這房間是她自己的。

她把書隨便放在小書桌上，就把自己往床上一摔，抱起了金髮的洋娃娃，臉貼住了它的臉。

我站在房門口問她：「我的房間呢？」

「先在這裡坐坐不好嗎？」她漫不經心地說。

「不，霏霏，我有點累，想洗個臉，然後午睡。」

「好吧！這麼大的人還要午睡？我從來不午睡的，爸爸也不睡，他怕愈睡愈胖。」她不願意地站了起來，說到後來卻笑了。

她把我帶到一間面臨花園的房間，打開陽臺的門，就可以看到海。房間裡布置得簡單而舒適，正適合我的個性。

她倚在欄干旁邊默默地望著下面的景色，不知在想什麼。我走過去站在她身邊，問她：「霏霏，花圃的花開得這麼美麗，是誰照顧的？」

「還有誰？當然是我啦！」她得意而又驕傲地說。

「你喜歡花？是誰教你種花的？」

「當然喜歡。在我讀幼稚園的時候，媽媽就教我怎樣去栽培和愛護花木了。」她依然望著下面，不知道是在看花還是看海。她在父親面前，是個頑皮而任性的女兒；現在，她變得沉靜了，甚至還有點憂鬱的樣子，可憐的孩子，是在想媽媽嗎？

我不知道該說什麼話才好，只好默默地陪她站在欄干旁邊。

在金色的陽光下，園中圍牆邊的幾株灌木的細小葉子，像灑上一層金粉般眩目生光；由於太過炎熱，花朵都帶著憔悴的顏色，只有池中的睡蓮依然清新而嬌豔。大路上人跡杳然，偶然才有一兩部腳踏車駛過。路的下面便是河，河水靜靜地流向大海，河上沒有船隻，保持著天然的美。對岸，隱約可以看見茂林、修竹、稻田和農舍，完全是農莊景色，和這邊花園洋房掩映在綠蔭中的高級住宅區成了個強烈的對比。沒有風，遠遠的海面平靜得像一幅平滑無皺的藍色緞子。

「霏霏！霏霏！」是任大為的聲音。他一面叫著，一面走進了房間裡。

「唐陵兄，你一定累了，快歇歇吧！」他喘氣著對我說。我猜他一定是因為爬了一層樓梯的關係。

「我不累，累的恐怕是你老兄，你去歇吧！別理我，要是把我當客人，我反而住得不舒服。」我微笑著對他說。

「你說得對。霏霏，我們出去，讓唐叔叔休息。你去告訴徐嫂，叫她晚上準備些下酒菜，我要和唐叔叔喝幾杯，你知道，我們分別了二十年以上了。」任大為拍著女兒的肩膀說。

霏霏沒有說話，默默地望了我一眼，就跟她爸爸走了出去。

＊　＊

昨天晚上，著實被任大為灌了幾杯。他患有高血壓症，不敢喝酒，和霏霏一樣喝的是摻了大半杯汽水的啤酒，但是，卻把一瓶金門高粱不斷往我的杯裡倒。還好我沒有醉，只是醺醺然地上了床，一夜不省人事。

當我一覺醒來時，玫瑰色的朝陽已經透過蟬翼似的窗帘灑滿一室。我看看腕錶，以為多晚了，原來還不到七點鐘。我發現床側小几上多了兩樣東西：一盅新沏的濃茶和一瓶鮮花——一個長身的玻璃瓶裡，插了兩朵半開的玫瑰，還襯著幾枝細長的條紋草，顯得它清新可喜。「是誰送來的呢？要不是霏霏，難道會是女僕徐嫂？」我想。但很快我就推翻了後者的想法，因為我斷定女僕們決不會那麼風雅和體貼。

醒來的時候，正感到喉頭乾得難受，一見這盅碧綠的清茶，何異荒漠中望到了甘泉。我爬起身來，將茶一飲而盡，使我宿醉盡解。

我伸了伸懶腰，緩步踱到陽臺上，一眼就望見霏霏正彎著腰在花圃中修剪花葉；她背向著我，所以沒有發覺我在看她。唔！對了，霏霏說過她愛花，花圃一直是她在照顧的，這就證實了那瓶玫瑰花是她插的，茶也是她送來的了。她為什麼起得這麼早呢？是每天都這樣的嗎？年輕的孩子們大都貪睡，一個十七、八歲的富家少女肯一早起床來侍候客人和到花圃中工作，簡直是一件令人不可置信的事。看來，她倒不算是個嬌縱的獨生女啊！

我悄悄退回室內，迅速地盥漱更衣完畢就走出房間外。樓上一點聲息也沒有，任大為的房門仍然關著，當然是還在高臥。我輕步下樓，樓下也是靜悄悄的。走到花園裡時，霏霏已經不在，園藝的用具也都拿走，想來她的工作已經竣事。我不理會她在哪裡，也不打算去找她，我背抄著手在小徑中踱著，欣賞著經她親手修剪過還帶著水滴的那些花朵。清晨的空氣鮮潔而芬芳，我忽然想到，為什麼不出去走走呢？海邊的空氣豈不比這裡更加清新？

我輕輕步出園門，走下了斜坡，沿著公路向著海的方向走去。路上靜極了，一輛車子也沒有，僅有一個菜農挑著一擔菜從我身邊經過。

走著走著，我望到了一片米黃色的沙灘，竟像個小孩子似地奔去。從路旁的一個淺草斜坡滑下去，我的鞋子就踏在潔淨的砂粒上，發出了悅耳的細碎聲。

今天的海不再是一幅光滑的藍色緞子，而是一塊起著魚鱗紋的泡泡紗。白色的浪花一層一層地沖上沙灘，像是在向我這個陌生的遠客表示歡迎。

我挑選了一塊有遮蔭的石頭坐下，望著無垠的海水，不知怎地，我立刻想到了秋雯。十多年前，那一本《紅豆》我是為她而寫的，之後，我真的像書中的主人翁一樣遠遊歐陸，無非想忘卻那一段舊情；回國後，雖然我並沒有忘記了她，不過，我卻做到了用工作來痲醉自己。我很少想到她，然後，藉歲月之助，我已把這份戀情漸漸淡忘。昨天和任大為的不期而遇，當然使我首先想到了她，可是，她的女兒很快就在我的腦海中佔據了她的地位，霏霏，這可愛的小精靈，除了外形和喜愛花木的個性外，和她母親是如何的不同啊！

霏霏是好動的，秋雯卻是個愛靜的少女，靜得就像昨天下午的海。她，終年在胸前垂著兩根鬆鬆的髮辮，辮梢繫著天藍色的蝴蝶結，這兩隻藍蝴蝶總是靜靜地貼在她淺藍色旗袍的襟前。她走路的步伐是穩重的，說話的聲音是溫柔細弱的；遇到有開心的事，她從來不哈哈大笑，只是掩著小嘴發出銀鈴似的笑聲。

我似乎又看到了她的胸前的藍蝴蝶，似乎又聽見了她的嬌音；可是，任大為告訴我她死去已十年了，她死於肺病，她生前並不怎麼快樂。她果真不快樂嗎？為什麼？難道為了我？聽說：生性憂鬱和不開朗的人易得癌症，她的病是不是因為這個原因而起的呢？假使是的話，當年她為什麼要——

「唐叔叔！唐叔叔！」我的思潮被霏霏的叫喊打斷了。她今天穿著一件純白的洋裝，像一隻白鳥般從公路上飛翔過來。我起身迎接她。她跑到我面前喘著氣說：「唐叔叔！你為什麼躲到這裡來？害得爸爸和我好擔心，到處找你都找不到。」

「對不起，霏霏，我因為起身太早，不想吵醒你們，所以走出來散散步，因為這裡風景太美，我就坐著不想走了。」我隨口的編造了一段理由。

「你早？我比你還要早哩！」她用亮晶晶的眸子望著我說。我注意到，她今天不再稱我為「您」了。

「啊！霏霏，我應該謝謝你，你的插花和茶是我今天所得到的最好的禮物。」

「你怎麼知道是我送來的？」

「你進來的時候我在裝睡。」我騙她。

「唐叔叔，你好壞啊！」她的嫩頰陡地現出了兩片紅暈。

「霏霏，在這裡坐一下好不好？」我指著我剛才坐過的那塊石頭說。

「不了，唐叔叔，我們還是回去吧！爸爸在等著哩！」她說。「你還沒有吃早餐，恐怕也餓了吧？」

「好吧！我們回去。」說著，我將手作了個請的姿勢，不料她竟伸出她那柔嫩的手，牽著我的手走。

走著走著，她像隻柔順的小羔羊般，漸漸地倚在我身邊。雖然她是天真無邪的，我卻反而有點不好意思起來。

任大為獨個兒坐在餐桌上看報，三份西式早餐，已經端端正正放在餐桌上。他看見我們回來，臉上露出了如釋重負的表情。「唐陵兄，以後可不要再無故失踪啊！走失了大作家，這個責任我可負擔不起呢！」他打趣地說。

「我失踪最沒有問題的了，因為我孤家寡人一個，根本就沒有苦主。」我也跟他開著玩笑說。

「爸爸，唐叔叔，吃早餐吧！不要再說笑話了。」霏霏在我對面坐了下來，老氣橫秋地說。

「唐陵兄，你看我這個女兒居然像個小主婦的樣子了。」任大為向我笑著說。霏霏臉上又泛起了紅潮。

早餐過後，任大為對我說：「唐陵兄，你要不要進城，我現在去上班，便車送你好不好？」

「大為兄，要是我現在跟你一起去，我就不再回來了。不過，我很喜愛你這裡的風景，也好像還沒有跟你談夠，我看這樣吧！我再在這裡住一天，明天回臺北。」我很坦誠地回答我。

「唐陵兄，我並沒有催你走的意思啊！你何必急著明天走呢？你不是說，我們還沒有談夠嗎！」

「大為兄別多心，快上班去吧！咱們晚上再談。」

「那麼我就走了，中午我是不回來的。霏霏，你得好好陪唐叔叔，不要老是纏住他啊！」

「知道了，爸爸，您快去吧！」

我和霏霏走到樓上我房間的陽臺上，目送著任大為走出大門外，目送著他把龐大的身體塞進汽車中。我們向著汽車揮了揮手，望著汽車駛向斜坡，駛上公路，然後轉了個彎看不見。

陽臺有頂，太陽曬不到，我們面對面坐在兩張籐椅上，面前擺著一杯冰水。遠處的大海閃著粼粼的光芒樓下的花圃散發著陣陣幽香。

「唐叔叔，你明天真的就要走嗎？」沉默著的霏霏忽然開口問我。

「是呀！」我說。「因為我還得到南部和東部去看看，怎能老躲在你們家裡享福呢？」

「唐叔叔，你有小孩子嗎？」她忽然劈頭劈腦地問。

「我連太太都沒有，哪來的小孩子？」我大笑了。

她卻一點笑意也沒有，還是一本正經地問：「那你為什麼不結婚呢？」

「這個嘛……」我真不知道該怎樣回答她才好。「大概是因為沒有人中意我吧？」

「騙人！大名鼎鼎的作家會沒有人中意，我才不相信呢！」她又是老氣橫秋地說。然後又改換了口氣問：「唐叔叔，你和爸爸是大學裡的同學？」

我點了點頭。

「那麼，你認識我媽媽嗎？」她露出熱切的眼神，焦急地等待我回答。

「認識。」我想任大為也許已經告訴過她，所以只好承認。

「你說我媽媽美不美？」

「美，你就像她一樣。」

「你認識我媽媽，是在婚前還是在婚後呢？」

「這個我倒要讓你來猜一猜。」我拿起杯子喝了一口水。

「我猜嘛……一定是在婚後，是不？」

「怎麼斷定是在婚後認識的呢？」

「因為你和我爸爸是好朋友，是我爸爸介紹你認識的。」她回答時現出得意的神情。

「你猜錯了！」我笑著說。

她的表情有點懷疑，接著說：「那你一定參加了我媽媽的婚禮，是嗎？」

我搖了搖頭，說：「你又猜錯了。」

「怎麼會呢？」她的純潔的心靈，對於這個問題好像想不通。

「那很簡單，我認識你媽媽時，她的年齡和你差不多，後來我到外埠去讀書，從此便不通消息了，所以我根本就不知道她結婚。」這自然是我編造出來的。

「你跟我來！」她忽然站起來，捉住了我的手說：「你跟我來，我給你看一樣東西。」

我被她一把拉著，一直拉到任大為的房裡，她指著壁上掛著秋雯的結婚照片，問：「你所認識的我媽媽是不是這樣年輕的？」

悠悠二十年來，我自以為已磨煉成另外一個唐陵，卻沒想到我一見到那幀秋雯當年的結婚照，心頭竟湧上一陣悲酸，身子不由自主地晃了晃，幸而理智立刻恢復。只見霏霏睜大了一雙眼珠望著我，我想我那一時的失態，是逃不過她的眼光的。於是我故意地說：「我說你和你媽媽一樣美，簡直一模一樣？」

「唐叔叔，那你當年為什麼不和我媽媽……」她說到這裡頓住了。

她雖沒有說下去，我已明白她想說什麼了，便說：「我們出去吧！」

我們又重回到洋臺。坐下之後彼此都沒有話說，只見她的眼角掛上了兩滴晶瑩的淚珠，我也覺得非常的不自在，在這樣不協調的情景之下，大家都感到不安，於是我推說有事，就逕自走回自己的臥室。

我走進臥室，坐在書桌前，把隨身記事本打開，想把這次旅行所記的資料整理整理，可是，我的心卻是亂得像一團亂麻。剛才霏霏悲傷的樣子使我想起了另外一個女孩子的悲傷，那正是她的母親——二十年前的秋雯。我說過秋雯是個很靜的女孩子，她不隨便發笑，也從來不曾在我面前悲傷過，惟有那次是例外，那次是她第一次在我面前流淚，也是最後一次。

畢業的前夕，我們在月夜的嘉陵江邊散步，銀色的月光柔和地灑在她素淨的臉上，辮梢的藍蝴蝶靜靜地伏在她胸前，她一直低著頭不講話，我以為她是為我們的分手在即而難過。

「秋雯，答應嫁給我吧！結了婚我們就可以一起到內江去了。」這並不是我第一次向她求婚，事實上我已提出過多次，她每次都說等到畢業再說。現在，我已在內江找到一份中學教員的工作了，我必須她馬上答覆。

她咬著嘴唇，久久沒有回答。

我發急了，用手指托起她的下巴，使她的臉正對著我。「你說呀！秋雯。」我大聲地說。說完了，才發現她的長睫毛下有一滴眼淚。

「唐陵，請你不要恨我，我不能答應你，因為我……我已是任大為的人了。」她垂著眼皮說。「那自然不是我心所願的。」

「什麼？」我大吼了一聲，放下了手。「你要嫁給那個俗不可耐的讀商科的傢伙？告訴我，他除了臉孔漂亮以及老子有錢以外，還有什麼好處？你說得出來，我便心服。」我氣得全身發抖，肺部似乎要炸開了。

「你不要迫我好不好？你難道沒聽到我剛才說的最後一句話？叫我還有什麼好說的呢？」她用雙手掩著臉開始啜泣起來，然後用碎步跑開了。

我像一尊石像似的站在江邊，讓憤怒和悲傷啃囓著我的內心，一直站到兩條腿麻木了，才拖著緩慢的腳步回宿舍去。

＊　＊

忽然，有一雙溫柔的臂膀，從後面跨過我的兩肩伸到前面來圍住了我的脖子。我嚇了一跳，正要轉過頭去看是誰時，我的臉又給另外一張熱呼呼的臉貼住。

「唐叔叔，你不是在我的氣吧？」霏霏低聲說。

「霏霏，快點放手！唐叔叔熱死了，放手呀！」

「你先回答我嘛！」

「好！好！我回答你。我沒有生氣呀！」我呼吸困難地說。

她鬆開了手，卻又一屁股坐在我的書桌邊沿上。她和我靠得那麼近，使我不得不把椅子往後挪開一點。

「唐叔叔在寫什麼？」她在翻著我的記事本，臉上已完全沒有悲傷的痕跡。

「沒什麼，只是一些零星雜記。」我說。

「唐叔叔，我跟你去東部旅行好不好？我可以替你作嚮導。」她把一條大腿擱在另一條大腿上面，雙手抱著膝，閃著一雙亮晶晶的眼睛，臉上的表情是又甜又可愛。

看來，麻煩就快發生了，我該怎麼辦？假如我直接拒絕她，說不定會惹得她更大的傷心，豈不是更糟？

我沉吟著說：「這個……我可不能隨便答應你，等你爸爸回來再說吧！」

「假如爸爸答應了你就帶我去，是不？」她高興得跳下桌子來。

「原則上是這樣。」我勉強地點點頭。

「唐叔叔真好！你不知道我多寂寞呀！媽媽死了，爸爸整天不在家，我家離城太遠，同學們又不方便常常來探我，我連說話的人都沒有一個。我真希望唐叔叔能長往在我家裡。」她站在桌子旁邊喃喃地自言自語，說完了，忽然撲過來在我臉上吻了一下。

我輕輕把她推開，正色地對她說：「霏霏，你必須答應我以後舉動要規矩一點，你已經不是小孩子了，這樣被人看見了會說閒話的。」

「有什麼關係嘛？你是我的唐叔叔。」她嘟著嘴說，又不高興了。

到吃中飯的時候，因為只有我們兩個人，她又變得興高采烈的，吱吱喳喳說話不停。她問我有沒有女朋友，問我在香港的生活情形，當然也問到我和她爸爸媽媽同學時的往事，我都盡量給她滿意的答覆。當我問她麼什麼喜歡我的作品時，她的回答是驚人的，她說因為在一本雜誌上看到一則花邊新聞說我很英俊，所以她就拼命的買我的書。

喝完了飯後的咖啡，我忽然驚叫了起來：「哎呀！我差一點忘記了，今天下午我和一位出版家有約會，非去一趟不可。霏霏，我現在就上臺北去，說不定會去找你爸爸一道回來，然後我們就跟他討論一同去旅行的事，你說好不好？」

「真的有約會嗎？」她有點懷疑地望著我說。

「當然真的！唐叔叔怎會騙你？」我昧著良心說。

「好吧！那麼我送你去車站。」她順從地說。

我穿上上裝，她戴上一頂淡綠色的寬邊草帽，一起從陰涼的屋子裡走到像烤爐似的戶外。當我從籐蘿覆蓋下的小徑走過時，不禁默默地向花圃中的花朵們祝福，就像在向秋雯的靈魂祝福：「秋雯，我早已不怪你了，我知道你當初是不由自主的。我了解你，你吃苦吃夠了，幸而你有個好女兒！秋雯，我來看過你了，你安息吧！」

走在路上時，霏霏很自然地又拉住了我的手，於是，我又有了做爸爸的感覺，而感到自己似乎太狠心了一點。

不到幾分鐘，便等到了公路車。我上車時，霏霏一再叮嚀我要早點跟她父親一起回來。我答應了她，又從車窗中探出頭來對她揮著手說：「霏霏，再見！」

「唐叔叔，回頭見！」她也不停地向我揮著手。綠色寬邊草帽下的小臉笑得甜甜地，淡綠衣裙裹著她亭亭玉立的青春胴體。從她的身後望去，藍色的大海靜止得像一塊碧玉琉璃。海是善變的，她有時很靜，有時很活潑，有時發起脾氣來卻又是怒濤洶湧的使人戰慄。霏霏的性格多麼像海啊！而她的母親卻是那些纖弱的花朵，始終是溫柔文靜的。她的生命也像它們一樣，只有一個短促的春天。

公路車開動，綠色的人影漸漸遠了，藍色的大海也漸漸遠了；然而，我負疚的心情卻愈來愈沉重：什麼時候我竟然變得這樣鐵石心腸的？那個有著寂寞的心的少女經得起這次打擊嗎？同時，我又怎樣向任大為解釋我不辭而別的原因呢？坦率地說怕他女兒的纏繞嗎？還是揑造一個自高身價的理由，說香港那邊有要事，非立刻回去不可？不過，我知道無論怎樣解釋，任大為一定都會以為我對他妒恨未消的。讓他去吧！我是個有理智的中年人，我不能為了一些顧慮，就錯過了一個及時防止一齣悲劇發生的機會啊！霏霏是個太早熟的孩子。

想不到這次臺北之行又在我恬淡的心情中平添如許惆悵，從此，在我歷盡風霜與憂患的淒涼孤獨的人生的夢裡，又將多了這幢海濱華屋的影子，這華屋裡面，有一個溫柔纖弱得像花朵的女人和一個性情像海一般多變的少女。

民國五十三年《今日世界》

寒星

暉暉一面唱著歌，一面踏著迴旋的舞步，從外面進來。她走過的地方，都帶來一陣香風，一陣青春的光彩。

經過起居室時，她突然停住了。有一個她不認識的人坐在鋼琴前面，彈出一些不成調的琴音，反復的叮噹之聲，聽來極不悅耳。

室中已很黑暗了，那個人似乎茫無所覺，就是暉暉的歌聲與香風，也絲毫沒有驚動到他。她不喜歡那琴聲，也不喜歡陌生人去彈她的琴；她拉了拉那根垂著的電燈開關，天花板上的日光管立刻流瀉了一室柔和的藍光。

那人驚覺了，驀地轉過身來，看見了面前美麗的女孩子，他慌張地站了起來。

「你是誰？」暉暉不客氣地喝問。

「我是新來的家庭教師。對不起！我未經准許擅自去彈琴。」那個人冷冷地卻很有禮貌的向暉暉微微鞠躬。他很年輕，穿著十分寒傖。當暉暉接觸到他的目光時，她發現在他兩道濃黑鬱結的眉毛之下，有兩顆閃耀的寒星，從那裡發出來的冰冷的光芒，有一種使人懾服的力量。

暉暉撇撇嘴，沒有理他。

「媽咪！媽咪！」她衝進媽媽的房間，要質問媽媽為什麼請這樣「兇」的一個人來做她的家庭教師；但是媽媽不在家，下女阿嬌出來告訴她，太太打牌去了，今天不回來吃晚飯。

在晚餐的桌子上，暉暉又遇見那個人，他竟然不客氣地先坐在那裡。爸爸媽媽都不在家，真窘！暉暉鼓著腮，不高興地瞪著那個人，那個人卻若無其事的拿著一份晚報在看。結果還是阿嬌給他們介紹了。

「小姐，這位是方先生，是太太今天請來的老師。方先生，這就是暉暉小姐。」

「我叫方江。」他朝暉暉點點頭，立刻又自顧自的低頭看報。

暉暉很氣，扒了兩口飯就走回房間裡，她倒在床上，正思量著明天要叫媽媽把這個人攆走，阿嬌走進來說：「方先生請小姐去上課。」

她不想去，但是，她又覺得不去就是怕他的表現。去就去！看他有什麼新花樣？半年來，我已氣走了五個教師，難道會怕你不成？

她對鏡整理一下頭髮，撇著嘴，走到書屋去。方江面無表情的，坐在大寫字桌後面等她。

「坐下來！」他指著他對面的位子，命令式的說。

她坐下來，用不屑的眼光看著他。

「關於你的情形，你母親都告訴我了。」他瞥了她一眼，兩道寒光在她臉上掠過旋又消失。「你去年大專聯考沒有考上，是因為數理化成績太差。這是一般女孩子的通病，她們對這三科不是沒有天分，就是沒有興趣。」

「才不見得！我一個同學這三科經常是滿分。」她反駁著。

「當然也有例外的。」他臉上的線條柔和了一點。「現在，我想知道，你是屬於沒有天分的呢？還是沒有興趣？」兩道寒光又在她臉上掃射著，冷得使人發抖。

「我嗎？既沒有天分，也沒有興趣。」她頑皮地說著，一面不甘示弱地也緊緊的盯著他。她覺得他長得相當好看，端端正正的，斯斯文文的，頭髮散亂地垂在額上，頗有點瀟灑勁兒；就是目光太兇了一點，否則……

「假如是真的話，我替你可惜，也——替我自己可惜。」方江對她的迫視似乎無動於中，他冷冷地說，嘴角含著一絲輕蔑的微笑。

「為什麼？這關你什麼事？」她吃了一驚，狠狠地問。

「因為我居然收了這樣一個學生。」

「假使你覺得我不配做你的學生，是沒有人強迫你的。」她氣得想哭，立刻反脣相譏。

「可以說金錢驅使我，為了每個月的五百元，我沒有權去選擇我的學生。」

他冷冷的態度與冷冷的言語惹怒了她，她站起來大聲說：「方先生，你明天不必來了，你另外去找個學生吧！」

說著，她走出書房，砰的一聲把門關上，然後奔回房間，用被子蒙著頭放聲大哭。哭了大半夜，眼睛又痛又澀，怪難受的。第二天，暉暉索性賴在床上不起來。快到中午的時候，媽媽到她房間裡去來，她想到媽媽竟請了這樣的家庭教師，就連媽媽也恨起來了。

「暉暉，怎麼還不起來呀？快要吃中飯了。」

她轉過頭去，閉上眼睛。

「你還在生氣是不是？告訴你，方老師是個好老師，是你爸爸的好朋友黃教授介紹來的，聽說凡是給他補習過的學生，沒有一個考不取大學。想想看，你這個老師嫌教得不好，那個老師又嫌難看的，大半年來換了多少個？我說，暉暉呀！你就將就一點吧！人家方老師還不願意教你呢！是我說好說歹硬把他留下來的。」媽媽坐在床沿，用手輕輕地撫摸著暉暉流瀉在枕畔的一頭烏黑的髮絲，一面嘮嘮叨叨的說個沒完。

「媽，你為什麼要留他？就讓他走不好嗎？我討厭這個大模大樣的傢伙，我不要他教！」暉暉突然翻過身來，尖聲的叫嚷著。想到方江昨夜對她的態度，她又恨又氣，忍不住流下淚來。

「唉！真是孩子氣！那你叫我怎怎麼辦呢？我已把他留下來，難道又把他辭掉？」媽媽皺著眉，站了起來，走到鏡前，用手指在臉上按摩著。可能是昨夜打牌打晚了，她的眼圈發黑，眼泡皮浮腫。

「我不管。」暉暉小聲的嘀咕著。這句話，她還不敢讓媽媽聽到。

「暉暉，這樣好不好？看在媽媽的份上，你就上兩三天課吧！兩三天以後，我們再想辦法辭掉他好了。」媽媽望著鏡子說。鏡中，她看見暉暉正向她這裡睜著兩隻大眼。

暉暉卻想起了另外一對眼睛，那是像潭水一樣深，像顆寒星一樣冷冷逼人的眼睛。一想起這對眼睛，暉暉就恨得咬牙切齒。

「好的，媽媽，我就聽您的吧！」她也不知道自己為什麼會說出這句話。

「對了，這才是我的好暉暉！你不曉得，我為了這件事真是煩死了。」媽媽走過來，輕輕的拍了拍暉暉的面頰，帶著笑走出去了。

暉暉爬起來，加意的打扮一番，中飯也不吃，就出去找她的明友玩去。她有許多朋友，有男的，有女的，全是考不上大學，喜歡玩樂，而家裡又有錢的。在這群人中間，暉暉是他們的皇后，大家像眾星拱月似的把她捧得高高的；在這個世界上，似乎還沒有人向她說過一個「不」字。

當她在黃昏回到家裡的時候，那不悅耳的琴聲又在起居室中傳了出來，方江又是一個人在黑暗中彈著琴。

她躡足走到方江背後，用最嬌柔的聲音叫著：「方老師！你在彈什麼曲子？」

方江像受了驚似的，琴音立刻亂了起來。他慢慢地轉過身來，看見在暮色裡站著他那還沒有正式上過課的學生，她那張粉嫩的臉龐像初開的花瓣，一頭披肩的長髮比黑夜的天空還要黑。

他呆呆地，坐在琴凳上仰望著她；她看見他的兩顆寒星中閃耀著火花。

「隨便彈彈罷了！」他說著就站了起來，面無表情的又說：「對不起，我又用了你的琴，不過你母親答應過我可以用的。」

「是呀！你儘管彈吧！方老師，反正我現在已不學琴了。」

「謝謝你。」方江對她微微一欠身，就向書房走去。

「真沒辦法！」暉暉雙手一攤，聳聳肩膀，自言自語。她走近琴旁，用一隻手指隨意敲打著琴鍵，陷入沉思中。

晚上媽媽又因為有應酬出去了，暉暉客氣地招待方江吃晚飯，飯後又乖乖的立刻到書房去；但是，當方江拿出課本來要講解時，她卻說：「剛吃完飯，休息一下嘛！我已叫阿嬌燒咖啡去了。」

說著，她打開電唱機，放了一張唱片，一陣瘋狂的、原始性的、帶有刺激性的樂曲立刻震撼了整個書房。暉暉側著頭，一面用鞋跟敲著地板打拍子，一面微睨著方江。

方江先是皺著眉，漸漸的就板起臉，終於他走到電唱機邊，拍的一聲關上了。

「以後在上課時不准聽唱片，也不要喝咖啡。現在，我們開始上課，你坐到這裡來。」方江聲色俱厲的，指著他對面的位子對暉暉說。

暉暉撇著嘴，懶洋洋的走到位子上去，說：「何必這麼認真呢？爸爸媽媽又不在，先玩玩不好嗎？」

「我來教書，不是為了要敷衍我的僱主。」他說話時眼睛沒有看著她。

「那是為了什麼呢？」

「我是為教書而教書，要使我的學生真的學到了東西。」

阿嬌捧著兩杯熱騰騰香噴噴的咖啡走來，正要放在他們的桌上，方江立刻對她揮著手說：「拿出去！把門關上，上課的時候誰都不准進來打擾。」

暉暉望著他炯炯逼人的眼睛，直挺的鼻樑，薄而有威嚴的嘴唇，心裡不覺泛出一股微妙的感情。

方江講解了一個公式，偶而抬頭望了望她，卻發現她正怔怔的凝望著自己，眼裡露出迷惘的神色。

「你明白了沒有？」他冷冷地問，避開了她的眼光。

「嗯！」她似從遙遠的夢境中回來，敷衍地應了一聲，她的嘴角含著一絲很神祕的笑意。

「那麼你把這道題目做做看。」方江說。

「我還不會做。」她只把目光掠過題目一下，馬上就不假思索的說。

「剛剛說明白了，現在又說不會。我做給你看，你這次可要留心哪！」方江在紙上開始演算起來，一邊解釋著。

這張新型的柚木寫字桌是那樣的巨大，坐在對面的暉暉根本看不見他在寫什麼。於是她站起身來，走到方江的身邊，看他演算。她和他靠得很近，她的髮梢拂到他的耳邊，她身上的香氣沖進他的鼻管，他的臉紅了一下，把身體挪開了一點，筆下的字體也跟著凌亂了起來。

他匆匆把這道題目做好，交給她說：「你回到你的位子上，細看一遍，有不明白的地方就問。」

她並沒有走開，依然把身體靠在桌邊，拿著那張紙稍稍過目一下，又彎下身去，囉囉嗦嗦的向方江提出許多疑問來。

她的頭距離方江的只不過兩三吋，方江又不安而臉紅起來。他囁嚅著說：「你還是坐回你的位子去比較好一點。」

暉暉沒有動，他只好自己站了起來，離開她遠遠的。

「我有點不舒服，明天你再教我好了。」暉暉不高興了，她站直身體，把長頭髮往後一甩，頭也不回的就衝出了書房。

她倒在床上，兩隻眼睛睜得大大的瞪著天花板在生氣，她心裡想：多少男孩子想和我約會一次都沒辦法，方江這個窮小子算是什麼東西，這樣不識抬舉，我就不相信我鬥不過他！

第二天晚上她乖乖的按時來上課，但是，不到五分鐘，阿嬌就敲著書房的門在叫：「小姐，你的電話。」

「方老師，我去接個電話！」暉暉挺聽話似的對方江說。

「好的。」他不太愉悅的答應著。

書房的門開著，在走道上打電話的聲音可以清清楚楚的聽得見。方江聽見暉暉不斷地嬌笑著，說她正在上課，叫對方不要來打擾；但是，對方顯然是沒有答應，因為十分鐘過去了，他們的話還沒有談完。

好不容易等到暉暉放下電話走回書房，上課時間只剩下半個鐘頭了。

方江鐵青著臉對暉暉說：「你通知你的朋友，以後不要這個時間打電話來。」

「是嘛！我剛才就這樣說，可是他不肯聽；而且，我的朋友很多，叫我怎能一一去通知呢？」

「那麼，你以後在上課時間不要去接電話。」

方江這句話才說完，電話鈴竟響了起來，阿嬌又在外面喊小姐聽電話。

方江用嚴厲的眼色瞪著暉暉，暉暉裝成一副可憐的樣子說：「方老師，就這一次，我去聽聽是不是爸爸媽媽打回來的。」

方江還沒有答應，她就跑了。這次方江沒有聽見她在電話裡談的是什麼，因為她的聲音很小，嘁嘁喳喳的像在耳語，又不時的笑出聲來；方江滿覺得不是味道，他懷疑她和她的朋友在談論他。他在心裡發誓，明天假如還有同樣的情形，他一定要辭職，給他一千元一個月他也不幹了，這種氣他受不了。

但到時他卻幾乎要改變主意，因為暉暉是出乎他意外的聽話，上課時毫無搗蛋的行為，也沒有電話的騷擾；只是，她一雙黑黑的大眼睛似乎蘊藏著太多的情意，一直在溫柔的凝視著他，這，他也感到受不了。

上課上到一半的時候，書房的門突然被打開了，五六個少男少女站在門口，七嘴八舌地叫著暉暉。

暉暉抿著嘴瞥了方江一眼，然後轉身對那些人說：「我在上課，你們到外面去等一等好不好？」

「上什麼課？別假用功了，今天是美珍的生日，我們大夥兒都要上她家跳舞去哩！」

「可是，方老師要罵我的。」暉暉又瞥了瞥在一旁氣得發抖的方江。

「怎麼？你這樣怕老師？我看你這個老師也不見得比我們大多少，就跟我們一起去玩算了。」一個身材高大，打扮得很整齊的男孩子指著方江說。

「方老師，這是我的朋友高炳仁，他邀您一道去玩，您答應嗎？」暉暉裝得很有禮貌的對方江說。

「從現在起，我不再是你的老師了，林小姐，請你轉告令堂另外找人吧！」方江的臉因為怒極而顯得十分蒼白，兩隻眼睛也似乎燃燒出怒火。他拾起書桌上屬於他自己的幾本書，就衝過那群孩子，走出書房，離開了這座公館。

方江走了，那群孩子便更加喧鬧起來，他們要求暉暉請客，因為他們幫助暉暉趕走了老師。可是，暉暉卻怪責高炳仁做得太過份，她並不是要方江這樣絕裾而去，她只是想使得方江受不了而辭職罷了！

她把這群朋友打發走，獨個兒坐在書房中方江坐過的位子上發愣。桌上還有他演算過的代數題目，他的字跡是潦草的，但卻是有力而透著秀氣，正如他雖然只穿著白布香港衫和卡嘰褲子，但仍掩不了他面貌的俊逸一樣。她又想起了他像寒星般清湛的雙眸、冷漠的態度，還有怪異而不悅耳的琴聲；他一定是個傷心人，他也許窮得沒有飯吃，我趕走了他，他的生活一定會發生問題的。啊！我為什麼這樣做？難道只為了討厭讀書就要把一個個的家庭教師都趕走嗎？不讀書，難道我就這樣玩下去嗎？一個僅僅高中畢業的女孩子，就光是玩也不能在交際場合中出人頭地呀！我怎能不唸大學？不，我將來還要出國哩！

出乎媽媽的意料之外，暉暉要求媽媽陪她到方江的家裡去道歉，請他再回來教她。

當她們母女倆出現在方江在陋巷中分租到的一間只有一丈見方的房間外時，方江幾乎不相信自己的眼睛。他忘記了心中的忿恨，只是手忙腳亂地收拾床上、桌上、地上的髒衣物和書本、紙張。他把唯一的一張椅子讓給暉暉的媽媽坐，請暉暉坐在床邊，自己卻站在一旁。

暉暉的媽媽婉轉地把來意說出，方江的眼神立刻黯淡了，他說他不是呼之即來，揮之即去的狗，他今後也不會再當家庭教師了。暉暉哭了起來，她說這是她生平第一次求人，想不到竟受到拒絕。於是，她又忍不住發作起小姐脾氣，她一面抽噎著一面指著方江說：「你應該憑良心想想，這是不是完全我不對？你想想你自己多兇！我又不是小學生，要你管得那麼緊？」

「我就是那個樣，你為什麼還要來求我？」方江竟也不饒她。

「媽，你看他多欺負人！」暉暉不覺失聲又哭了起來。

「暉暉，你就少說一句吧！方老師，她完全還是小孩子脾氣，你別管她，看在我和她爸爸還有黃教授的面上，你就留下來好不好？」媽媽委委婉婉地說。

方江瞥了瞥哭得可憐兮兮的暉暉一眼，想到了每個月的五百元，還有那座可以隨他使用的鋼琴，只好無可奈何的點了點頭。不過，他又當著暉暉的媽媽訂下了條件，要她保證暉暉以後不能在上課期間打電話和會見朋友。

要是說暉暉從此一心向學，完全變了另外一個人，那也許是過份誇張；然而事實上，她的的確確是在努力改變自己。她不再跟那班喜歡鬧的朋友在一塊了；對於數學，雖然還是那麼沒有興趣，但她也每天勉強自己做完方江出給她做的習題。

她很少外出，空閒的時間大多數躲在房間裡看小說；現在，她特別喜歡看愛情小說，而且往往會為了書中人的失戀而掉眼淚。

方江經常是在黃昏前來到她家，晚飯是林太太說好要他和她們一起吃的。飯前的時間方江都利用來彈琴，暉暉有時也抱著一本厚厚的外國雜誌到起居室來聽他彈。他的琴音老是那麼單調、奇特，一點也不悅耳；暉暉忍不住又問他彈的是什麼曲子，方江說他是在練習作曲。

「作曲？那你還是一位音樂家哪！」暉暉驚訝地說。

「我不是音樂家，我只是音樂的愛好者。」

「你寫的是什麼曲子呢：我覺得聽起來有點怪。」

「我也不知道叫什麼曲子，我只是在發洩我胸中的感情。」他注視著她，眼裡的寒光收斂了。「也許，有一天，我會作出美麗悅耳的曲子；但是，也許永遠不會。」

「我不明白你的意思，我覺得你這個人有點怪。」暉暉大膽地說。由於方江近來已改變了「兇」的作風，暉暉也就漸漸的敢於把他當作平輩看待。

「是嗎？我想我有不得不怪的理由。」方江深深的又看了她一眼，然後轉身去彈琴，不再說話。他用矯健如龍的十指在琴鍵上飛舞著，發出了一陣像萬馬奔騰般的快調，然後，琴音漸弱，變成了如泣如訴的慢板。

在暮色中，他的頭低垂著。暉暉雖然不懂音樂，但卻也不自覺的被琴音的淒惻感染了；她奇怪自己頰上為何有溫熱的水滴流過，用手指一抹，才發覺自己在流淚。

假如任何一對男女，只要他們彼此愛慕，就可以放心去愛對方，毫無阻礙，這世界不就成了伊甸樂園了嗎？可惜的是，在這個複雜的社會中，卻不容許我們這樣自由、隨便與簡單，道德、宗教、法律和經濟等等力量牽制著我們，門第之見、貧富之分、尊卑之別，最要緊的是生活問題，使許多人不敢去愛；因為這個原故，世界上也就不斷的有愛的悲劇發生。

暉暉是個不知天高地厚的女孩子，她的環境太優越了，根本不知道人間會有痛苦。和方江半年來的相處，使她在不知不覺中竟愛上了這個高傲冷漠的青年；也許她一向被男孩子崇拜奉承得太多的關係，如今她對於這個從來不會對她獻過半點慇懃的方江反而特別傾心。可是，她有少女的尊嚴，方江對她毫無表示，她是不情願發動攻勢的。他對我為何沒有一絲情意呢？我不夠美麗嗎？還是他記著我以前的頑劣而不喜歡我呢？暉暉開始嚐到愛情的苦汁，但是她卻勇敢地大口大口的喝了下去。

近來，方江的琴音柔和悅耳得多了，然而，他的臉色卻與琴音成為反比，日見陰沉。他很少正視過暉暉一眼，兩道寒星似的目光日益冰冷逼人，使得暉暉看見了就要心碎。

那一個晚上，方江講解的聲音和態度都是出奇的溫柔，溫柔得使暉暉幾乎落淚。下課以後，方江對暉暉說：「暉暉，我完成了一首新的曲子，你要不要我彈給你聽？」

「我當然要聽啦！那太好了！」暉暉的眼裡煥發著光輝，她想不出方江今夜為什麼對她這樣好。

爸爸媽媽都不在家，偌大一幢洋房靜悄悄的，起居室在日光管的藍光流瀉下，情調十分優美。方江默默地坐在琴前，打開琴蓋，望著倚在琴邊的暉暉，迸出了一個慘然的微笑，然後就低下頭去開始彈奏。

他靈巧的手指在琴鍵上跳躍著飛舞著，滑著，一座鋼琴便似著了魔般的發出了憂鬱、淒清但卻美麗的旋律。暉暉聽來，這些音節似乎有點稔熟而又像十分陌生，它們緊緊地扣住了她的心弦，她的眼睛便不由得溼潤起來。

在一連串的弱音下，琴聲由有漸趨於無，而終於消失。暉暉抬起模糊的淚眼，她發覺方江正仰頭凝睇著她，眼裡彷彿也閃爍著淚光。

「方老師，這曲子太美了，它的曲名叫什麼？」暉暉微笑著問。

「它還沒有曲名，因為我要把它獻給一個人，而現在還不到時候。」方江一面說著一面就站起身來。他轉臉望著窗外的夜空，自言自語地說：「很晚了，我得走了。」

他走到門口，回頭用很迅速的眼光了暉暉一下說：「暉暉，再見！」

「方老師再見！」暉暉向他揮著手。在這一瞬間，她清楚地看見他那兩顆寒星正迸發著的火花。

兩顆寒星整夜在暉暉的夢魂中出現，但是……

第二天上午，有人送了一封信給暉暉，信封上潦草而勁秀的書法，正是方江的筆跡。暉暉慌亂地打開了它，急急地唸著：

暉暉：

請原諒我不告而別，我不得不這樣做，正像我以前說過我不得不「怪」一樣，我有我的苦衷，假使我不這樣做，也許我永遠走不了，我也是人啊！我有人的感情。

暉暉，昨天晚上我奏的那首曲子是獻給你的，我是為你而作的。現在，它帶給我好運，我把這首曲子寄到巴黎去參加一項音樂比賽，幸運地得了第一名——兩年的音樂獎學金。如今，當你在讀我的信時，我已坐在飛往巴黎的飛機上。

你是個絕頂聰明的女孩子，我想，你不但聽得懂我曲中的意思，一定也在我的眼中看出了我對你的情感。啊！暉暉，我不能再欺騙自己了，我是多麼的熱愛著你！自從第一眼看見你的時候起，我就知道這世界上將沒有第二個女孩子能取得你在我心中的地位，你正是我心目中的安琪兒。可是，你又曾經怎樣的傷害過我的心！我警告自己，這是個驕傲任性，不堪教誨的富家小姐，你不要作繭自縛啊！是的，即使你不驕傲，不任性，我也不會作繭自縛的。我是個貧困潦倒的家庭教師，為什麼妄想高攀巨室的千金？

我是個有骨氣的青年人，我絕對不會這樣做。於是，我竭力的裝「怪」，我裝得比你更驕傲，甚至裝成冷漠得不近人情；但奇的是你竟不討厭我的「怪」，這，我可以從你的眼裡看出來。

暉暉，我感謝你的情意，但我仍不得不走。如果我不走，我將永遠是個窮教師，而我也不知道自己能否一直控制得了自己感情；控制不了，我們之間將會發生悲劇，控制得了，悲劇，也同樣的會發生，我想我一定會因此而發瘋的。

我這一走，你可能會因此而難過好一陣，你罵我好了，隨便你怎樣罵，我都將默默忍受，絕對不反駁一個字。你的數學成績已進步很多了，再找一個老師，好好補習下去，這一次聯考你一定會考取的。

暉暉，我唯一的要求是希望你能好好的求學，勿以我為念。我不想唱高調叫你忘記我，也不敢要求你等我歸來。假如你願意的話，兩年之後，我們仍然是朋友，一切可以重新開始；否則的話，我也有心理上的準備，任何痛苦我都有勇氣去擔當。

末了，祝你幸福，並請代向令尊令堂致意。

永遠愛你的，方江上

一滴滾圓的淚珠落在白色的信紙上，溶化了幾個字跡，暉暉連忙用手帕把紙上的淚水拭去，接著又一滴落了下來。她對自己作了一個寬心的微笑，擦乾淚眼，把信紙抱在胸前，再拿到嘴脣邊吻著，然後重又細讀一遍。

她的心有無比的澄澈，這封信正如一陣清風，吹散了滿大的雲翳。方江是愛著她的，她只要知道了一點，其他一切便都不成問題。

民國五十二年《自由談》

兄弟倆

一走出飛機門，他就被那展開在面前的熱烈場面愣住。喝！黑壓壓的一大群人！在春日的微風裡輕輕蕩漾著的歡迎紅布條！照相機的鎂光燈一閃一閃！照相機的開關卡擦卡擦地響！

他走下梯去，舉起了右手，向歡迎他的人群作了一個機械的笑容。

「少浦！少浦！」他聽見有人在喊他的名字。啊！好熟悉的聲音！好親切的聲音！是大哥在叫他，七八年了，大哥的聲音一點也沒有變。

他一面走一面向人叢張望，鐵欄干後有數不清的人都在向他招手，距離太遠了，他無法分辨出他們的臉。

他的腳才接觸到地面，幾十個記者便衝上前，有人在給他拍照，有人伸過手來和他相握說：「路博士，歡迎你回來！請到休息室來給我們發表幾句談話好嗎？」

還沒有來得及回答，他就被簇擁著走了出去。

面對著十幾個麥克風和幾十個新聞記者，他們要求他講一講求學的經過。他，眼中含著淚。用顫抖的聲音說：「假如今天我可以說得上有點成就的話，那麼，我的成就完全是我的大哥所賜的。他把我養大成人，他千辛萬苦供給我求學的費用；他雖然是我的堂兄，卻實在等於是我的父親。我們分別已經七八年了，剛才我聽見他在叫我，我卻看不到他。現在，請你們把他請進來，讓他分享我被歡迎的光榮好嗎？他的名字是路嘉年，我相信他一定就在外面。」

有人開了門對著擠在門外的群眾說了一聲：「那一位是路嘉年先生？」

立刻，有一個瘦瘦的、高高的中年人排開眾人走了上來。他一走進休息室裡時，路少浦大喊了一聲「大哥」，兩個人就衝向前擁抱在一起，緊緊地，包括了肉體與靈魂。

許久，許久，少浦才放開了手，淚眼模糊地凝視著對方說：「大哥，你還是老樣子。」

「我老了。少浦，你倒是長大了，也長胖了。」嘉年執著少浦的雙臂，也是滿臉淚痕。

在場的記者們都吃驚於這對堂兄弟的相似。他們的相似不單祇是形貌上的而且還是舉動上和聲音上的。唯一的不同之點是嘉年瘦長而少浦短小結實；但是，他們的五官卻像出自同一個模子，任何人一看都會知道他們有著血親關係。當他們並排坐下時，他們微微有點含羞而拘謹的笑容、深思的面孔、不太流利卻十分輕柔的語音，時時兩手相握的姿勢，都使他們看來像一對孿生兄弟或者十分相像的父子。一個漫畫記者把他們兩個的臉分別用兩張紙畫了兩幅速寫，竟然沒有人分辨得出誰是誰。

少浦用簡單的話把他堂兄怎樣把他撫養成人，他到美國怎樣一面洗盤子一面讀碩士和博士學位，後來又怎樣因為那篇研究太空科學的博士論文的優異而得了獎，校方聘他為教授的經過報告了，記者們又向他和嘉年問了一些他們家庭裡的問題，於是，這個簡單的記者招待會就完畢。

休息室的門一打開，在外面等著的少浦以前的同學們就擁上來把他兄弟倆團團圍住。嘉年一隻手護著少浦的肩膀，一隻手分開大家，大聲地說：「朋友們，請讓少浦回家休息好嗎？他經過長途的飛行，太累了。」

少浦也高舉兩手向大家打拱，請求原諒。大家才慢慢的讓開一條路，給他們出去。

剛才人潮洶湧的大廳上現在已冷落無人。遠遠，一個藍衣的女人正寂寞地坐在長椅上。

「少浦，那就是你大嫂。」嘉年一瞥見了她，就眉開眼笑地對他的堂弟說。同時，又放開喉嚨大聲喊：「綺雯，我們來了。」

兄弟兩人大踏步向綺雯走去，當少浦和他從未見過面的堂嫂面對面地站住時，他和她的眼裡都露出了詫訝的神色；但是，不到幾秒鐘，他和她立刻就熱烈地握手言歡。

「少浦，歡迎你回來。」做嫂嫂的首先微笑地伸出了手。

「大嫂，我很高興看到你。」他也報以真摯的微笑，不過，卻有點羞澀地低下了頭。

「少浦，我真以做你的嫂嫂為榮。現在，我們回去吧！你一定很累了。」綺雯說。

三個人走出機場坐上計程車，向嘉年的家駛去。

「嘉年，我真想不到少浦和你這樣像，我第一眼看到他的時候，真嚇了一跳！」綺雯向坐在司機旁邊的丈夫說，又回頭向身邊的少浦笑了一笑。

「真的嗎？剛才那些記者們也這樣說。不過，我覺得我們就是相像的話也只像父子而不像兄弟了。」嘉年轉過頭來對他的妻子和堂弟說。

「大哥，不要這樣說，你沒這麼老！」少浦的手按住了嘉年的肩膀。從後面看去，他清楚地看見嘉年頭上已有許多白鬢。

嘉年的家是一層新式公寓住宅，布置得很雅潔。當他打開門把少浦讓進去時第一句話就是：「少浦，我這個家還可以吧？」說著，他用得意而又感激的眼神望了妻子一眼。

「當然，這是一所標準的新式住宅。但是，大哥，大嫂，我要說一句惹你們生氣的話，我倒很懷念過去我和大哥同住過那間六疊的小房間哩！」少浦說著，乾笑了兩聲；而且，他還咽下了最後一句「這屋子太美國化了」，他怕他們聽了不高興。

嘉年走過來重重地拍著少浦的肩臂笑著說：「我才不會生氣，倒怕你嫂子不高興，這公寓是她買的，也是她逼我從那間小房間裡搬出來的。」

「少浦，你別聽他的。他不想搬，難道我還能把他抬到這裡來不行。」綺雯也微笑的為自己辯護著。

兩個男人寬了上裝，舒適地坐在沙發上，綺雯卻在忙著為他們弄飲料。當她忙碌地在他們面前走來走去時，少浦迷惘地望著她，覺得這個纖小的少婦和他想像中的那個完全不一樣。相反地，她卻像一個曾經令他傷心過的女人。

他記得：當他到了美國一年多之後，嘉年有信給他說他認識了一個女朋友。「她是個老小姐，在銀行工作，長得瘦瘦小小，不漂亮也不難看。你不要誤會我貪她的錢，實在是她的風度和談吐使我傾倒。更重要的是她不嫌我老，我已是四十一歲的人了呀！」那是嘉年第一次提到綺雯，以後雖然也經常提到她，不過就都沒有再加以形容。在少浦的想像中，綺雯就是那種矮矮的、乾巴巴的、戴著眼鏡、道貌岸然的、有學問的老處女。後來，他們結婚了，也寄來了結婚照照片中的新娘雖然既不戴眼鏡也不道貌岸然；可是，少浦又這樣想了：新娘子嘛！多醜的女人在做新娘子時都會好看一點，何況照片不足為憑？因此，綺雯在他的心目中一直是個典型的老處女。

然而，現在在地面前走來走去的女人，卻是苗條、溫雅而美好。她不算漂亮，但是也沒有瑕疵可讓人挑剔。在那襲純藍色衣服的襯托下，她的皮膚白皙得近乎透明；她的一頭烏亮的頭髮攏向腦後梳了一個高髻，使得她的瓜子臉更顯得小巧。她說話的聲音低柔，時時微笑；笑的時候左頰就露出一個小小的酒窩。嘉年說她是老小姐，沒提過她幾歲；在他的眼中，她似乎只不過三十出頭，不過，他不知道自己的判斷沒有誤錯，因為他對女人並不怎麼熟悉。

「少浦，怎麼不說話？是累了或在是跟我陌生了？」嘉年側過身子來關心地問。

「啊！沒有！我是在欣賞這杯美味的檸檬水嘛！」少浦微微吃了一驚，連忙轉過頭來回答他的大哥。

綺雯捧了一杯清茶走到丈夫身邊坐下。「嘉年，我看我們也該讓少浦去休息了，他一定會累的。」

「不，大嫂，我不累，我要跟大哥談談。」少浦急急地回答，眼睛卻注視著她杯中的茶。

「我的胃不大好，不敢喝酸的東西。」綺雯聰明，自己先作了一個解釋。

「你大嫂毛病多得很，是個現代林黛玉。」嘉年笑著插嘴。

「少浦，你別聽他的！你看，我不是好好的嗎？」綺雯臉紅紅地，顯得有點難為情的樣子。

少浦笑了笑沒有回答，嘉年卻又說了：「少浦，分別了這些年，我覺得你真是變了，你變得沉默、愛思想，就完全是一個科學家的樣子。少浦，想到你小時候我還教過你國文和英文；可是，現在，我在你的面前，就簡直是個小學生了。」

「大哥，你別這樣講。你永遠是我的大哥，我永遠需要你的教誨。」少浦激動地把自己的手重重地壓在嘉年的手背上。

看著他們兄弟倆的一問一答，不知怎的，綺雯竟覺得自己的眼眶濕潤起來。

嘉年夫婦早已為遠從海外回來的博士弟弟準備好一間舒適的房間。當然，所謂舒適，只是在一般水準上而言，彈簧床、大書架、書櫃和衣櫥，這幾樣簡單的陳設對一個單身的學者，似乎是已經足夠了吧？綺雯一直擔心在美國生活慣了的少浦會嫌他們的家簡陋；嘉年則暗暗慶幸虧自己已搬離那間六個榻榻米的房間，否則的話，他只好讓少浦去住招待所了。

那個晚上，吃過一頓綺雯親自下廚去做的接風宴，應付了一批又一批來訪的親友和記者，就已經是午夜了。兄弟倆連閒話家常的時間都沒有，就都因為疲累不堪而不得不上床。

少浦躺在那間整潔的房間裡，眼皮很澀，身體極倦，但是卻怎樣也睡不著。是環境陌生？是太過興奮？是感觸太深？還是想起了另外一個人？這，連他自己也不知道。一別七八年，一切的變化都太大了；固然一切都是往好的方面變——像嘉年住的地方就是一例——可是他為什麼老是在懷念過去呢？難道人都是戀舊的嗎？

朦朧中，他回到遙遠的童年去。母親的形象對他已很模糊，因為那時他實在太小了，一個六七歲的孩子懂得了什麼？他只記得她不知道從什麼時候開始病了起來，整天都躺在床上，一張臉又黃又瘦的，好怕人，有一天，她叫傭人把嘉年請來，流著淚執著少浦的手對嘉年說：「嘉年，我不行了，我要到陰間找你堂叔去了。我們這一房，人丁太單薄，我死了以後，少浦沒有人可以依靠，我就把他交給你吧！雖然你年紀還很輕，又沒有成家，不過，你是個大學畢業生，又是個好心腸的人，你一定肯好好地照顧他。我這裡有點首飾，請你替我變賣了，希望能夠供他讀到大學畢業，你答應我嗎？」

這些話，少浦倒也記得，他也記得嘉年含著淚向病人保證一定會好好照顧少浦的情形。

嘉年家裡只有他一個人，那時他在一家中學裡教書，就順便把少浦送到附屬的小學裡上學，每天，哥兒倆一同早出晚歸，倒也過得十分愉快。

然而到了大陸淪陷，嘉年把他帶到臺灣來以後，生活便沒有那麼舒服。因為，嘉年的收入減少，積蓄也用光了，而且，他不能夠像在家鄉時那樣可以僱用僕人；一個單身漢帶著個半大不小男孩子的狼狽情形，是任何人看了都會同情的。

少浦在枕上含著淚在回想：嘉年為了替他縫鈕扣而手指頭被針軋破；為了節省伙食費，嘉年親自下廚又被油燙傷；有一次，他患肺炎發著高熱，嘉年日夜不眠不休地守在床邊看護他，等到他病好，嘉年自己卻倒了下去。……呀！嘉年不僅是我的大哥，還是我再生的父親和母親啊！將如何來報答他對我的恩德？

他雙手緊握著床沿，淚流滿面；若果這時不是已經深夜，若果不是已經有了一位大嫂，他真要衝進嘉年的房間裡去，緊緊抱著他，向他訴說自己的心聲。

過了不知道多久他才矇矓睡去。在夢中，他一忽兒變成小孩子，被嘉年牽著手去遊動物園；一忽兒，又站在美國餐館的廚房裡，雙手浸在熱水中在洗盤子；一忽兒，又看見了多年不曾夢見的母親，正在文文靜靜地坐在燈下替他縫衣服，可是，母親的臉卻變成了他大嫂綺雯的臉……，而綺雯又變了另外一個女人。

「少浦！少浦！」好像才睡了五分鐘，便被人輕輕搖醒了。大哥正含笑坐在他的床沿。

「少浦，該起來啦！你十點鐘不是有一場演講嗎？」

「是呀！現在幾點鐘了？」少浦用手掩著嘴，打了個呵欠。

「九點半。」

「糟糕！要來不及了，怎麼不早一點叫我呢？」少浦一面說著一面跳起身來。

「我看見你睡得太熟，不忍叫你。怎麼樣？是不是昨天太累了？」做哥哥的關心地問。

「還好。我也不知道為什麼會睡得這樣死。」少浦匆匆地穿好衣服，出去洗臉。等他洗完臉，綺雯已經把早餐擺好在桌上。

早餐是純粹家鄉風味的。煮得很綿的稀飯、炒米粉、炸花生米，還有油條。自從離開臺灣，少浦就沒有吃過稀飯，他呷了一口，起初覺得很好吃；但是，吃了半碗以後，就有著吃不下的感覺。他的胸臆中似乎梗塞著什麼，連他自己也說不出來。

綺雯今天打扮得很整齊，一套淺灰的洋裝衣裙，顯得她更年輕更雅麗。她文靜地坐在少浦對面，含笑望著他。

「大哥，大嫂，你們怎麼都不去上班？」少浦忽然若有所悟的問。嘉年現在在一家大學裡當講師，綺雯還在銀行工作，這個時候，他們是應該已經出門的了。

「我們今天都講了半天假，等一下要去聽你的演講。雖然我們對太空科學絲毫不懂，但是，我們還是要去，因為我們以你為榮。」嘉年搶先回答。

「啊！大哥，大嫂，累你們為我請假，真不好意思。以後可不要這樣啊！」少浦不安地說。

「不會的，以後我們不會這樣的，今天是第一天嘛！」嘉年說。「你怎麼不吃呢？米粉是大嫂特地給你炒的，她說你在美國可能吃不到。」

在演講的時候少浦的心情仍然不能夠很平靜，他顯得有點心神不屬而結結巴巴的；當他望見坐在前排的嘉年夫婦時，更是變得訥訥地說不出話作。聽眾們雖然頗為失望也很驚訝；可是大家都因為他是個著名的科學家而原諒了他，他們認為一個學者不一定要有好口才。

下午他去拜會了幾個地方，晚上又有人邀宴，回到家裡的時候已經快十點了，嘉年夫婦都還在客廳裡等他，一人捧著一本書。

「大哥，大嫂，你們為什麼還不去休息呢？」少浦又是感到一陣不安。

「還早嘛！我們要等你回來，昨天沒聊夠哩！」嘉年笑著站起來迎接他。

少浦看著他的哥哥嫂嫂，忽然拍著自己的後腦叫了起來：「該死！我怎麼這樣糊塗嘛？」

「什麼事呀？少浦。」嘉年夫婦吃驚地一起問。

「我馬上就來。」少浦對他們擺擺手，逕自走向他自己的房間裡。一會兒，又走出來，手上多了兩樣東西。

「大哥，你看我多該死！昨天晚上居然忘了拿出來。這隻錶是我帶回來給你的。」他把一個長方形的盒子放到嘉年的手中。

「少浦，你太緊張了！我們還以為是你的護照丟了哩！」嘉年接過盒子，把它打開，裡面是一隻新式的電子錶。他拿起來看了一看，立刻就把腕上錶解下，把新錶戴上。「啊！一隻電子錶，太名貴了！少浦，你何必花這麼多錢呢？」

「大哥，我記得你的老錶是走不好，常常害你遲到。這種電子錶是可以走兩年不必上發條的，對你正需要。」少浦說著又把另外一個包裹交給綺雯。「大嫂，買女人用品我不在行，我不知買什麼才合適，所以隨隨便便就買了這條圍巾，這種顏色你是不是嫌太老氣呢？」

綺雯謝了他，把包裹解開，拿出裡面那條深墨綠色的羊毛圍巾出來撫摸著。「你真會買！少浦，這圍巾又輕又軟，顏色又美麗，一點也不老氣，正好配我的黑大衣哩！」

「少浦，你想得真周到！」嘉年到弟弟的身邊坐下，一隻手搭在他的肩膀上。

綺雯又忙著去調製檸檬水。當她把兩杯淡黃色的液體放在兩兄弟面前，自己也端了一杯牛奶在他們對面坐下時，嘉年就急不及待地對少浦說：「少浦，談談你自己吧！告訴我們你在美國的日常生活好嗎？」

「你這樣急做什麼？也許少浦要休息了，他在外面忙了一天哩！」綺雯白了丈夫一眼。

「他不會這麼早就去睡的。少浦，是不是？」嘉年說。「想想看，我們分別八年了，而他回來的時間只有一個月。從明天起，他就要開始講學，以後又要去參觀、拜會，還要到中南部去。想想看，我們還有多少時間在一起？」他一面說，一面不斷地揮動著手。

「是的，我們在一塊兒的時間的確沒有多少。」少浦垂著眼皮注視著自己的杯子，顯得有點不安。

「少浦，你在美國除了教書之外，每天還做些什麼事？告訴我們好嗎？」嘉年用一隻手壓在少浦的手背上，聲音溫柔得像對孩子說話一樣。

「除了教書以外，我就躲在我的工作室裡。」少浦仍然低著頭說。也許他覺得自己的回答太簡單了，乾笑了兩聲，又繼續說：「當然，我還要吃飯、睡覺，以及看看書報。」

「不行！少浦，這樣回答太籠統、太不著邊際了。這不像在對自己的家人說話，卻像在回答記者的訪問。不行，你一定要告訴我們，除了工作之外，你作些什麼消遣？」嘉年加重了他手上的壓力，好像要把他的關心從掌心中傳過去。

「消遣？我太忙了，我根本就沒有消遣。偶然去散散步，打開電唱機聽兩段音樂，那就是我最大的享受了。」

「少浦，你有女朋友了沒有？」嘉年劈頭劈腦地又問。他等候這個機會已經等了很久了。

「沒有！」少浦依然垂首低眉，面無表情。

「沒有？不可能吧？大名鼎鼎的青年科學家會沒有女孩子追求？少浦，你在騙我，我不相信。」嘉年放開了他的手。

「大哥，我不會騙你的，我實在是太忙了，忙得沒有功夫去談戀愛。」少浦急急地向嘉年分辯著，同時，又不自覺地瞥了一直沉默的綺雯一下。

「綺雯，那麼，這是你的責任了，你給少浦介紹一位小姐吧！」嘉年立刻向他的妻子說。

「可是，我不知道少浦的標準是甚麼，我怎可以胡亂介紹呢？」綺雯淡淡地微笑著，看著兄弟兩人。

「不，大嫂，謝謝你了。你看，我忙成這個樣子，那裡有時間去交女朋友呢？」少浦帶著靦覥而略略有點冷淡的神色連連的搖著手。

「綺雯，你看少浦還像個小孩子般的在害羞哩！」嘉年笑著向他的妻子說了，然後又對少浦說：「可是，少浦，你的歲數也不小了，難道要打一輩子光棍嗎？而且，你單身一個人在海外，多麼需要有人照顧你的生活呀！」

少浦沒有回答，掩著嘴輕輕打了個哈欠。

綺雯連忙對嘉年說：「還是讓少浦去休息吧！這又不是幾分鐘可以談得完的事。」

「好！少浦，今晚就饒過你，有機會我還要向你審問的。現在，你去休息吧！」嘉年重重地拍了拍少浦的肩膀。

年輕的博士今夜又失眠了。他的心靈上有一個新癒的創痕，他自己一直很小心地不敢去碰它，怕那極為柔嫩的創口被碰破；但是，今夜嘉年把它碰傷了，創口裂開，正絲絲地滲著血。

他仰臥床上，一雙失神的眼睛瞪視著天花板，一張細小的、有著對大眼睛的臉孔在他面前出現了。她是中德混血兒莎萍娜，她遺傳了母親的東方美，可是，卻稟賦了父親的日耳曼人的剛強。少浦第一次遇到她的時候她已經是個離過婚的婦人，帶著個八歲的男孩在身邊，那是她的美國丈夫留給她的。

連少浦自己也不明白，他為什麼會對她一見傾心。他雖然不曾談過戀愛；但是，中外美女他看見過的何止千百個？為什麼這個三十歲的少婦會特別吸引他呢？

愛情是無法解釋的，它來了，你就不能拒抗。總之，少浦愛上了那個比他大三歲的莎萍娜。他對她的愛熱烈而深沉；她對他也很熱情，但是，一談及婚嫁，她就顯露出驚人的堅強的理智，使他寒心。

「莎萍娜，我要你嫁給我。」他們相戀了不到一個月，少浦就向她求婚。

「那麼我的小約翰怎麼辦呢？」她並沒有拒絕。

「我將會把他當作自己的孩子。」他是個偉大的情人。

「可是，你必須答應我要長期住在美國或歐洲。」她提出了條件。

「為什麼呢？」

「因為我不願意小約翰到中國去。在那裡，他的膚色和身分都會使他遇到許多尷尬場面的。」

「可是，我是中國人，我必須要回去。我還計畫在不久之後就要回去講學哩！」

「那麼，少浦，我很抱歉我不能答應你的求婚。」

「莎萍娜，你是愛我的，是不是你願意為了第三者就破壞了我們的幸福嗎？」他擁住了她。

「第三者？不！小約翰是我的第二生命，我不能為了自己就把他的前途犧牲了。」

「何必看得那麼嚴重？我和你回國去的時候，把他留在學校裡寄宿不就行了嗎？」

「不！他太小了，我不能離開他。」

「你眼中就只有兒子，沒有我？」他有點不痛快了。

「你眼中也只有祖國，沒有我！」她反駁他，掙開了他的懷抱。

「難道就沒有商量的餘地？」他失望地問。

「假使你必須要回中國去的話，我們還是趁早分手的好。」她整理好頭髮和衣衫，鎮靜地微笑著離去，好像什麼都不曾發生過一樣。

他們的愛情短暫得不到一個月，他沒有寫信告訴嘉年，所以嘉年始終不知道他有過這段羅曼史。

這段短暫的愛情曾經使少浦消沉過一段時間，從此，他不敢輕於嘗試愛。事實上，他接觸女性的機會並不多，美國女孩子他嫌輕浮，一些女留學生又大多名花有主；所以，他的婚姻也就蹉跎到現在。

三四年來，他在忙碌的工作中把這段曇花一現的甜蜜往事漸漸淡忘了；然而：自從在飛機場上看見了綺雯第一眼起，莎萍娜的影子重新又活在他的心中。

天下間為什麼會有這樣巧合的事？綺雯和莎萍娜的外表為什麼會相似？她們的身段、臉蛋和風度都是同型的。難道他和嘉年的性格相像到連對女人的審美觀念都一樣？從那一刻起，少浦的心就一直局促不安。

他不大敢看綺雯，更不敢跟她講話，因為，一接近她，他就會想起了莎萍娜；然而，為了嘉年，他又不敢對她表現得過於冷淡。啊！這位年輕的科學家的心好苦！他不知道何以自處！

他只有逃避了。放棄了和嘉年共敘天倫的歡樂，盡量避免和嘉年及綺雯相處。除了講學、參觀、拜會、應酬的時間外，他天天向他的大哥大嫂編造遲歸的理由，在電影院或者咖啡室中渡過一個又一個孤獨的晚上；在內心中他感到非常的對不住嘉年，可是他又沒有勇氣回去。

三十天終於像蝸牛的步伐般慢慢熬過去了。少浦返美的前夜，嘉年幾乎是用命令式的要少浦謝絕所有應酬，他說他夫婦倆要為弟弟餞行，還要好好的敘一敘。

由於內心的歉疚，少浦決心今夜要對嘉年親熱一點以作彌補。然而，當他的視線一接觸到綺雯纖小的身影時，莎萍娜的倩影立刻又佔據了他的心頭，使他無法維持他的決心。

儘管他強顏歡笑，也假裝對綺雯所做的家鄉菜很感興趣；但是，他眼神中的憂鬱卻逃不過嘉年關心的目光。嘉年皺著眉不安地望著他的堂弟，他懷疑他是有著心事。

飯後，綺雯忙於收拾。嘉年說：「少浦，我們出去走走好嗎？這是我們最後的一夜了。」說到後面一句，他的聲音梗塞了。

「好的，大哥。大哥。」少浦回答得很爽快。

兄弟兩人就在公寓附近潔淨而清靜的街道上漫步著。他們手裡都有一根燃著的香煙，心裡都有著千言萬語不知從何說起的感覺。

「少浦，你下一次什麼時候再回來？」嘉年吸了一口香煙，先開了口。

「很難講，這連我自己也不知道。」

「你乾脆就回來這邊教書好啦！」

「大哥，我也希望回來。但是——」

他的話還沒有說完，就被嘉年打斷了。「少浦，我看你是有著心事的樣子，你為什麼不告訴我呢？」

「大哥，我真的沒有。你別多心！」少浦抬起頭望著嘉年笑了一笑。

「可是，我看你總是不大快樂，你不是失戀吧？」

「大哥，別瞎猜！真的沒有嘛！」少浦又勉強地笑了一笑。

「少浦，我看你跟你大嫂沒有什麼話講，你是不是不喜歡她？」嘉年終於說出了心中的疑慮。

少浦一驚，卻是強自鎮定的說：「大哥，你說到那裡去了？大嫂這麼賢淑，我怎會不喜歡她？」頓了一頓，他又問：「大哥，是不是大嫂怪我沒有禮貌？」

「不是，她只是覺得你對她好像太陌生了，不像一家人。」

「我們本來就陌生嘛！大哥，請你們原諒我，我在不熟悉的女性面前往往說不出話來。」

少浦有著如釋重負之感。

「唉！這要怪我，我不應該這麼遲才結婚。你母親死得太早，一個失去母愛的孩子的確是會有你這樣的情形的。」嘉年忽地又傷感起來了。

「大哥，那應該要怪我才對。你是為了我才這樣晚結婚的，我把你拖累得夠了。」

「少浦，說這種話做什麼？遺憾的是，你的父母都看不到你今天的成就罷了！」嘉年小心地把手中的香煙蒂丟到路旁的水溝裡又說：「你到底為什麼到今天還不結婚呢？以你的條件，怎會追不到女孩子？」

「大哥，我年紀還不大，我只想多做幾年研究的工作，一時還沒有想到這方面去。」少浦望著路旁每一個人家窗戶裡黃色的燈光，口是心非的回答。

「少浦，但願你沒有騙我。你現在長大成人了，你的事我已不便過問；但是，你知道，我是永遠關心著你的。你和綺雯，就是這個世界上我最愛的人。」

「大哥，我說過的，你永遠是我的大哥，全世界上，你是我唯一的親人了。」少浦的眼睛濕潤了，他真想像小時那樣撲倒在他的大哥身上撒嬌。

「少浦，我知道，你永遠是我的乖孩子。」嘉年拍了拍少浦的肩膀。「我們回去吧！你大嫂大概忙完了。」

飛機場上，仍然像一個月以前那樣旗幟飄揚，人山人海。照相機的咔嚓聲此起彼落，錄音機的話筒伸過來一個又一個。

嘉年用臂膀保護著嬌小的妻子，一直擠在人叢的前面，挨在少浦的身邊。在少浦上飛機前，他緊緊地握著他的手說：「少浦，小心照顧你自己，快點回來啊！」說完，他放開了他的手，伸出雙臂擁住了他，同時，眼淚也流了下來。

等這對兄弟彼此放開以後，綺雯才伸手和紅著眼圈的少浦相握說：「少浦，祝你一路順風，要多多寫信回來啊！」

「大嫂，謝謝你！請你替我照顧大哥，我把他交給你了。」說完，他深深地看了她一眼，就轉身大踏步走上飛機。

當他在飛機扶梯上回頭向歡送他的人揮手時，在陽光的照耀下，臉上隱約可以看到有未乾的淚痕。

一直等到飛機起飛了，嘉年和綺雯才踏著沉重而緩慢的步伐離開了機場。他一路上都沉默著不說話，回到家裡，第一句話就是：「少浦始終是我的乖孩子，你說是不是？」

「是的，我知道你一直把他看成了自己的兒子。」

「只是，他有點變了，跟以前不大一樣了。」嘉年喃喃地又說。「我覺得他有點怪。綺雯，你覺得嗎？」

是的，少浦有點怪，綺雯早就想這樣說了。不過，她不願意那樣批評丈夫親愛的弟弟，她淺笑了一下說：「我想他不是怪。人家是個成就的科學家，他的行徑當然和一般人有點不同囉！」

「唔，他是個有成就的科學家，不是個普通的人，也許你說得對。」嘉年迷惘地點了點頭說。他把目光移到牆壁上，壁上掛著兩幅少浦的照片，一幅是戴著方帽子在大學畢業時照的，一幅是他接受博士學位那天拍了從美國寄回來的，他的表情都是嚴肅而深沉，一雙深邃的眼睛射出了攝人的力量。

嘉年嘆了一口氣，他不得不承認，對這個被自己撫養成人而且面貌相像的堂弟的心，他竟完全不能了解。

民國五十四年《婦友月刊》

山村的一夜

缺月掛疏桐，漏定人初靜；時見幽人獨往來，飄渺孤鴻影。驚起卻回頭，有恨無人省；揀盡寒枝不肯棲，寂寞沙洲冷。

——蘇軾〈卜算子〉

在搖曳的桐油燈光下，閔鄉長捲起灰布長袍的袖子，在一張粗糙的土紙上一下子就揮就了龍蛇飛舞般四十個懷素體的狂草；然後，把毛筆蘸著餘墨，他又在紙的下半部迅速地勾畫了一株梧桐樹，樹梢上有一痕新月，樹下一個負手行吟的老人，他身後的背景是河流和淡淡的遠山。

閔鄉長瞇著眼睛審視了他的作品一會兒，放下筆呵呵大笑著說：「獻醜了！獻醜了！」

一面笑著，他在紙的左方空白處簽了名蓋了章，然後問張老師說：「你高足的大名是——」

張老師告訴了他。他又加上了一行：「康宗先生雅正」。

「偉初兄太客氣了，康宗還只是孩子。」張老師連忙謙讓了一番，然後對我說：「還不快點來謝謝閔鄉長？他老先生一向惜墨如金，別人是很難求得他的墨寶的呀！」

我連忙站直了身子，向閔鄉長深深一鞠躬說：「謝謝閔鄉長。」

「你們兩位都坐下，我們聊聊。荒野山村，難得貴客光臨，若不是為了戰事，夢鶴兄一定也不會帶著高足來訪，一切都是個緣字，是不是？」閔鄉長呵呵的笑了兩聲，又問我說：「你今年多大了？」

「剛滿十八。」我說。

「不錯，不錯，名師出高徒。夢鶴兄我看你這位高足長得眉清目秀，一表人才的，將來一定會出人頭地啊！」在朦朧的光影中，閔鄉長慈祥地注視著我。

「我這個學生嘛！在班上的確是數一數二的。至於將來會不會出人頭地，那就得問他自己了。康宗，你說會不會？」張老師說。

「我不知道。」我有點靦腆地說。這樣的一個問題叫我怎樣去回答嘛？

這個時候，閔鄉長忽然大聲地叫著：「慧如！慧如！你有空了沒有？出來見見客人呀！」

「爸爸，馬上好了！」裡面一個嬌滴滴的聲音在回答。

「剛才我們大吃大喝，卻讓慧如一個人在裡面忙，真不好意思！」張老師說。

「也沒什麼，她做慣了，而且她也喜歡做菜。自從她母親去世後，我這個老頭子就全靠她照料了。」閔鄉長笑吟吟地說，眼睛卻不時地望著我。

「有著這樣一個女兒，你老兄好福氣！今年十幾了？」張老師問。

「也是十八，今年剛剛高中畢業。」閔鄉長仍然看著我說，我只好把目光投到那幅畫裡頭的老人身上，不知怎的，我覺得那個古人和閔鄉長有點神似，雖則他連臉都沒有畫出來。

通往裡間的一道藍底白花的布門簾被掀開，在暗影中，一個苗條的白色身影出現在我們眼前，我忽然緊張起來，一時間什麼都看不清楚，只看見在她胸前垂著兩條長長的辮子。

「慧如，這位是張伯伯，是我多年的老友了。這是胡康宗，是張伯伯的學生。」閔鄉長為她的女兒介紹著。

「張伯伯！」她向張老師微微一鞠躬，接著向我一點頭，然後就坐在她父親旁邊的一張椅子上，「慧如，你做的菜真好！我們太打攪你了。」張老師在跟她說著客套話。

「那裡的話？你們來，我們歡迎都來不及哩！」她很得體地回答。

在跳動的燈影中，我雖然還是看不清她的五官，可是，我們這樣面對面的坐著，我已發現了她有著一種超凡絕俗的美。那張素淨的瓜子臉使我想到國畫裡的觀音大士，她一身潔白的衣衫使我想到了修道院中的修女。在這個黔桂邊境上的荒僻的小村莊裡，她簡直像是一朵空谷中的幽蘭！

「慧如，張伯伯他們要到重慶去。康宗也是今年畢業的，他要去考大學。」閔鄉長說。

「哦！」慧如輕輕地驚叫了一聲，但是立刻又沉默下來。

「慧如，我剛才考慮了一下，你跟著一道去怎麼樣？你不是渴望著上大學嗎？路上有張伯伯照顧你，我就可以放心了。」閔鄉長忽地這樣說。

「啊！爸爸！」她又驚叫了。「啊！爸爸，不，我不能去，我要留下來侍奉您。」她低下了頭，聲音有點顫抖。

「慧如，我又不是七老八十，用不著人侍候。你去吧！這是個難得的機會呀！」閔鄉長看著他女兒，也看著張老師和我說。

「不，爸爸，說什麼我也不丟下您一個人在這裡，時局這麼緊張，萬一——」慧如仍然低著頭說。

「夢鶴兄，你對這件事有什麼意見？」閔鄉長問張老師說。

「這個嘛！」張老師沉吟著。「慧如不願意你老兄獨自留下來，是她的孝道；假如你想栽培她深造，何不一起北上呢？真的，時局不容樂觀，早日離去，也是安全之計。」

「夢鶴兄，這是什麼話？」閔鄉長忽然大聲嚷起來。「我身為鄉長，守土有責，怎可以在敵人未到之前就舉家跑掉？夢鶴兄，我真奇怪，你讀聖賢書，到底所學何事？」

閔鄉長聲色俱厲，口沫橫飛地說著，坐在我身邊的張老師卻是臉上一陣紅一陣白的，默默無言，不知道是慚愧還是憤怒。

「爸爸，算了！算了！人家張伯伯一片好心，您說話不要說得太重吧！」慧如在怪責她父親。

「夢鶴兄，我性子直說話急，你不要見怪才好。時候不早了，你們兩位早點安息，明天清早好趕路。我這裡沒有客房，只好委屈你們在我的辦公廳裡睡書桌了。」閔鄉長說著就站了起來把他的墨寶小心地摺疊起來交給我說：「這是一個頑固老頭子送給你的，不是什麼了不起的字畫，但是卻有紀念性。」

我接過來又謝了他一次。他擎起燈帶我們到辦公廳去，又轉過頭對他的女兒說：「你去睡吧！考慮考慮，明天早上決定還不遲。」

張老師和我把隨身的鋪蓋打開鋪在桌上，分別躺下。不到幾分鐘，張老師就已鼾聲如雷。我躺在硬繃繃的高桌子上，四周是一片漆黑和死寂，不知怎的竟是翻來覆去睡不著。我想到閔鄉長這個「幽人」——他為什麼自甘寂寞住在山村裡？——不，他簡直是個異人，是個多才多藝的愛國好男兒，也是個慈父啊！還有，那個有著觀音般的容貌，那朵空谷中的幽蘭，明天她會跟我們一起北上嗎？在我的私心裡，有點希望她能做我的旅伴，甚至將來做我的同學；可是，當我一想到閔鄉長在女兒去後將會多麼寂寞時，又覺得她應該留在父親身邊了。「誰無子女？」我自己留在淪陷區中的爸爸媽媽又如何？……我流下了許久沒有流過的思親與懷鄉的眼淚。

我是被張老師推醒的。我揉著眼睛慌慌張張地爬起來，以為是晚得趕不上車子了，看看窗外的天色還不怎麼亮，腕上的錶也只不過六點幾分。就依然坐在被窩中發愣。

張老師明白我的意思。他一邊捲著鋪蓋，一邊對我說：「這是人家的辦公廳，還是早一點起來好。我們是八點鐘開車，早一些準備好也省得臨時手忙腳亂。同時，我不知道閔小姐是不是跟我們一道走，也應該提早通知司機呀！」

我跳下辦公桌，熟練而迅速地把鋪蓋包紮好，跟著張老師離開那間牆壁剝落，泥地上一個個窟窿的鄉長辦公室走回隔壁閔鄉長的住家。

閔鄉長家的客廳同樣是牆壁剝落，地上一個個窟窿。還那麼早，可是，面容清癯、精神奕奕的他已經穿著他的灰布長袍坐在桌子後面練字了。

「你們起得早，昨晚還睡得好吧？早點馬上就好了，後面有水井，我來帶你們去洗臉。」閔鄉長看見我們進來，立刻就放下手中的筆站了起來。

走過桌子旁邊時，我看了看他所寫的字，仍然是那首蘇軾的卜算子，不過今天他練的是蘇體的楷書，一個個都是肥肥滿滿的，雄渾中透著瀟灑。

水井裡的水好清涼！我盡情地洗著我的臉、脖子和雙臂，彷彿要把一路上的風塵都洗盡。在井旁可以望到廚房的窗口，我看到了慧如的背影，她還是穿著白衫，正在忙著做飯。

「閔小姐要不要跟我們一道走？」我小聲地問張老師。

「噓！」張老師止住了我，大概是怕被廚中的她聽見。「不知道，你不要多問。」他輕輕地回答我。

洗完臉進去，桌上的紙筆墨已被收起，擺滿了一桌的小菜和稀飯。

「來，來吃飯！」閔鄉長在招呼著我們。

經過昨晚那次「不愉快事情」，張老師今天的態度似乎有點不怎麼自然。他坐了下來，帶著尷尬的表情問：「慧如呢？她怎麼不一道來吃？」

「她還有別的事要做，不用等她了。」閔鄉長的表情也不像昨晚那麼開朗了。

「閔小姐要不要和我們一道去重慶？」我忍不住問他。張老師在旁邊瞪了我一眼。

他嘆了一口氣。「不去了！不管我怎樣勸她她也不肯，是她有孝心，也是她福薄，有什麼辦法？」他定定地看了我一會兒，又重複地說：「是她福薄，有什麼辦法？你不同，你是男孩子，前程遠大，你將來會不可限量的，記著我的話吧！嗯！」說完了，他伸出手慈祥地在我肩上按了一按。

這一頓早飯吃得真沉悶，閔鄉長心事重重，很少說話；張老師默默不響；我這個晚輩，更是沒有說話的必要。我不時用眼角瞟向那道藍底白花的門簾，希望慧如出來；可是簾內靜悄悄的，芳蹤杳然。

吃完早餐還不到七點半，我們搭的那部車子就停在鄉公所前面過去一點的公路上，走兩分鐘就可以到達；然而，張老師卻有如坐針氈的感覺。他一連看了幾次錶，等到分針正指在七點半時，就站起來說：「偉初兄，這次打擾你了，我想我們應該走了。」

「那裡的話？祝你們一路平安，到了重慶寫封信來吧！」閔鄉長也站起來和我們握手。他的手溫暖而有力，好像要把他的祝福從掌心傳給我們。

「再見了，閔鄉長，謝謝您的招待和您的字畫。」我向他一鞠躬。

他臉上露出慈祥的笑容，仍然握著我的手不放，一面向裡面大叫：「慧如，你出來呀！張伯伯他們要走了。」

藍底白花布的門簾被挑起，像昨天晚上一樣，一個苗條的白色影子飄然走出來。我眼前一亮，清清楚楚地看到了我心目中的空谷幽蘭的臉：細細的眉毛、尖尖的鳳眼、直直的鼻樑、小小的嘴巴。我昨晚的印象沒有錯，這是一張觀音大士的臉，莊嚴、純潔、素淨。

「張伯伯這麼快就要走了嗎？」她禮貌地問張老師，同時用眼角輕輕在我臉上掠了一掠，粉頰上立刻泛起兩朵紅雲。

「是的，因為車子馬上就要開了。有機會——」張老師說到這裡就把話咽住。我明白，下面的語他是不宜說的。

四個人冷場了幾秒鐘，然後，張老師先開口：「再見了，偉初兄。康宗，我們走吧！」

「再見！再見！」父女兩人一同說。這一次慧如大大方方地看了我一眼，這是她第一次跟我說話，也是最後一次。

我和老師各自背起鋪蓋捲，父女兩人送我們走出大門。走了幾步，我再回頭一看，一個嬌小的白色人影傍著一個頎長的灰布長袍影子還迄自向我們揮手。

我也向他們遙遙揮手示意，張老師察覺了我的舉動，也回過頭去把手揮了一揮，然後喃喃地說下一句：「閔鄉長是個怪人，也是個好人！」忽然間，他好像又想了什麼似的，用他空著的手推了我一推，說：「康宗，閔鄉長很喜歡你，我看他大有把女兒許配給你的意思哩！可惜你無福消受。」說完了，他哈哈大笑起來。

「老師，別開玩笑！」我臉紅紅地說著，情不自禁地也回頭望了一次，在山村的晨霧中，鄉公所旁邊那扇古舊的木門已關上了。

從此我沒有再得到過閔鄉長父女的消息，在我們還沒有抵達重慶以前，他們那個地區就淪陷了。張老師也始終沒有接過他們的信，第二年勝利後寫信去也沒有回音，不知道他們是逃到別的地方去還是……不過，當我想到閔鄉長曾經激昂地說過「守土有責」時，就覺得一定凶多吉少。

如今，在我的箱子裡還珍藏著閔鄉長的墨寶。那張粗糙的土紙發黃了，被蟲蛀了；但是，上面的字跡還是那樣瀟灑。畫中那個負手行吟的老人使我想起了山村中布衣布履的老人，還有他那有著觀音般面孔的女兒；雖然我和他們只見過一面，二十年來，他們的聲音笑貌竟使我未能忘懷，那也是「緣」嗎？

民國五十三年《中央副刊》

猢猻王

在辛心的筆底，太陽有時是個紅臉的嬰兒，有時是個喝醉酒的老公公；花兒是一群美麗的小姑娘；樹核樹葉是舞娘的玉臂和纖手；菌類是小蟲兒的大陽傘，落在水面的花瓣是螞蟻的渡船……。在辛心的畫布上，大自然是一個五彩繽紛的童話世界。

「……天公派了無數春的使者到人間來了。她們是小小的、看不見的精靈，穿著紗衣，背後長著兩隻透明的翅膀，手中拿著一根仙杖。她們輕盈地飛到大地上，用仙杖輕輕地把大樹、小草和花兒們碰一碰，於是，大樹伸著懶腰，小草打著呵欠，花兒揉著眼睛，一起都從冬眠中醒轉過來。大樹的枝椏抽出了嫩葉，小草怯生生地從泥土中探出頭來，花兒也張開了她的花瓣。春的使者們完成了她們的任務，就手拉著手飛回天上，在雲中欣賞大地上她們的傑作。小朋友們，今天我要你們以春天作題材畫一幅畫。你們可以照我剛才所講的春的使者的故事來畫，也可以照自己的想像來畫。畫得最好的，我送他一幅畫。」

他站在講臺上向學生們講他自己所編造的故事，孩子們個個聽得入了神，都睜大著眼睛，沉醉在老師口中美麗的童話世界裡；等他講完，差不多每一個孩子的腦海中就已經把圖構好。孩子們個個興高采烈地鋪紙濡筆，要把他們心目中的春天表現在圖畫紙上；辛心也在他自己的桌子上動手，為他的學生們準備獎品。

下課鈴響，他把五十份小朋友的作品收起來，孩子們都不肯下課，全部嚷著要看老師畫了些什麼。

辛心笑了一笑，把他的畫高高舉起，霎時間，孩子們全都發出了讚嘆的聲音：「老師好棒啊！老師畫得真好！」

他用簡單明朗的筆觸在紙上畫了一片草地，草地上是藍天。主體是草地上幾朵雛菊，一株小草和伸展到藍天上的一株樹枝。他把這些植物都予以人格化：雛菊張著小嘴在打哈欠；小草睜開圓圓的眼睛半露面；每一片樹葉上都有一張眉開眼笑的臉孔。此外，天空和草地上還飛翔著幾個朦朧的小小人形，她們的手中都有一根金光閃閃的仙杖。

「老師這幅畫真好看！要是我得到就好了！」

「老師，你送給每個人一幅吧！」

他裂開嘴笑了，笑得像孩子們一樣天真。「不行！老師那裡有那麼多時間去畫五十幅畫呢？」

「我現在把它釘在這裡，給你們欣賞三天，下一節美術我來上課時就發還你們今天這些畫，同時還宣布誰是畫得最好的人，然後他就可以把我的畫拿回家去。」

腋下夾著孩子們的畫，在他們的歡叫聲中，他愉快地跨出教室，離開學校，回到他自己的家裡。

家？這怎能算是家呢？說得好聽一點，這是他的住所，說得不好聽，這簡直是一個窩罷了！只有三疊大小的木板房，地上鋪著疊蓆，當窗一張小書桌、一張凳子、一個畫架，此外就一無所有。不，我們怎能說他一無所有？板壁上的東西可多哪！衣服和畫掛滿了三壁（一壁是面大窗子，他就是因為愛這面大窗子才租下這個窩的），而畫的數量又遠比衣服為多。窗臺上堆滿了畫具和空瓶空罐之類，以至他的洗臉盆和那塊發黑的毛巾不得不躲在小書桌底下，以至他坐在桌前書寫時一雙腳往往不小心就踩到臉盆裡。

他倒不覺得這是個窩，相反地他覺得這個「家」挺方便挺舒服的。興來的時候他就坐在窗前作畫，窗外雖然只是一條陋巷，但卻不缺乏畫材，那一群整天在街上玩耍的髒孩子就是他理想的模特兒。畫倦了，往疊蓆上一倒，連床也不必鋪，世界還有比這個更舒適簡便的「家」嗎？

他愛他的「家」，也愛他的工作，被人蔑視的小學美術教員他已幹了十年了。天天和孩子們在一起，使他覺得自己永遠不會老，三十歲的人了，還是那樣純潔無邪，絲毫不懂世故；而他的畫，也跟他的人一樣，充滿了孩童的純真。

他覺得就這樣活下去也不錯。小學教員的待遇雖然低，可是卻已給了他足夠的溫飽。早上一碗豆漿、一套燒餅油條；中午一碗牛肉麵；晚上一客客飯；晚上有一條棉被；冬天有一件晴雨兩用的外套；這樣，他覺得在這個世界上就別無所求了。

然而，他的朋友們的看法卻不和他一樣。

十年前，當他把他擇業的決定告訴好友藍沙時，藍沙瞪大著眼睛，帶著一臉不以為然的表情說：「你要去做小學教員？教小孩畫畫，那多沒出息呀！」

「假如每個人的看法都和你一樣，那麼，所有的小學都找不到教員了，誰去負起教育下一代的責任呢？」辛心也瞪大著睛，一副義眼正辭嚴的樣子。

「那也不見得！自有那些沒有別的本領的人去幹的。可是，辛心，你是有天才的，老師說過你的畫有著很特殊的風格。」

「教美術和畫畫並不衝突呀！」

「可是，那太委屈了你，也會埋沒了你的天才的。」

藍沙真有「出息」。他去給人畫廣告畫，不知怎的給他畫出名氣來了。現在，討了太太，住公寓，騎嘟嘟車，好神氣！

我有天才？辛心曲肱作枕，仰臥在疊蓆上，環視掛在木板壁上他的作品。這邊是一幅黑貓，那一幅是個憨笑著的嬰兒，這幅畫的是孩子們在打球，那幅畫的是個小老頭在撿破爛。筆觸全都粗獷而簡單，顏色也都鮮明而單調，看來就像孩子們的作品。

他記得：他曾經拿他自己認為最得意的精心傑作想去參加一個畫展，主辦的人只瞥了他的畫一眼就用不屑的口吻說：「這是小孩的畫，等有兒童畫展舉行時你再拿來參加吧！」

有一陣子，他忽然渴想有一部電唱機，就拿了他認為在他的作品裡最通俗的一幅靜物到一家書店去寄售。老闆對著他的畫端詳了半天，然後又搖搖頭還給他說：「先生，對不起！這種畫恐怕沒有人買的。你有裸女像嗎？有的話包你十幅也賣掉。」

他沒有再說一句話，拿著畫，轉身就走。

他另外一個朋友董之平開畫展了，他去捧場。董之平交際很廣，又懂得宣傳。喝！會場上人頭湧動，好不熱鬧！他雜在人叢中緩緩前進，董之平的第一幅畫就使他吃了一大驚。那只是一張黑紙嘛！（也許是用整瓶黑墨水澆下去的，誰知道？）董之平卻給它題了一個很美的「無月無星之夜」。這也算是畫？那就怪了！又有一幅畫的是一團亂七八糟的線條，看來全無美感，它的標題是：「離愁」，辛心忍不住笑了出來。這簡直是叫人猜謎，也簡直是在考國文啊！

會場中間最當眼的牆壁上掛了一幅髒髒兮兮的白床單，上面除了幾道不規則的裂痕以外就一無所有，它的標題是「無題」。很多觀眾聚在它的下面交頭接耳嘖嘖有聲，有人在苦苦揣測這幅「畫」到底是在表現什麼，也有人稱讚董之平不愧是超現實的抽象派畫家，才能夠畫得出這種無人能懂也無人能「畫」得出的傑作。

看到了那幅汙蔑了藝術的床單，辛心也有著被侮辱了的感覺，他不想再看下去了。當他憤憤地離開會場時，蓄著長髮的董之平在門口截住了他。「怎麼樣?老辛，彼此同行，不發表點意見嗎？」

「對不起！我沒有意見。」他面無表情地說。

「你覺得我那幅『無題』怎樣？」董之平並沒有注意到他的表情，居然還洋洋自得地問。

「我覺得你老兄簡直是汙辱了藝術！」辛心忍不住冒起火來。

董之平卻不以為忤，依然笑嘻嘻地說：「老辛啊！你太落伍了！假使你再墨守成規，不努力求新，就只有一輩子當猢猻王了。」

「老兄，假使那幅床單也算是『畫』的話，你們家裡那位燒飯的阿婆都有資格當畫家了。」

辛心氣憤地衝出會場，從此不再參觀任何畫展。

還是和孩子在一塊好！我是個落伍的人，那就當一輩猢猻王好啦！

現在，他坐在窗前，細細地欣賞著孩子們的圖畫。說欣賞是沒有錯的，孩子們天真的筆法往往給予他以極大的快慰，在孩子的畫裡他看到了真善美，使他暫時忘記世間的醜惡。

他慢慢地欣賞著，小心地打著分數。受了他所述說那個美麗的童話的影響，孩子們筆下的春天都像美得童話中的世界，每一幅畫都花團錦簇，彩色繽紛。他們都畫得那樣認真，以至他感到很難以評定那一幅好那一幅不好。

看著，看著，他忽然眼前一亮，在看了無數美麗的春天之後，他突地覺得所看過的都不算什麼，只有眼前這一幅，才是真正的，他理想中的春天。

畫中樹木花草都是巨型的、結結實實的，都有黑邊勾勒著。辛心口中的小精靈都變成了實質的人，他們手攜著手圍成圓圈在草地上跳舞。春的氣息就從這些花冠白袍的天使身上可以體會出來。

這是一幅既充滿了孩童的天真而又筆力遒勁的圖畫，辛心給它打了個九十五分，列為第一名的作品。他看了看圖畫後面的名字，又是李同和。這是個活潑好動的小男孩，有著一雙大眼睛，每一次圖畫都得分最多。

對著李同和的畫，他愈看愈覺得可愛。突然間，他有了一個意念：昨天報上說日本要舉辦世界兒童畫展，我為什麼不把李同和的作品送去應徵呢？這正是考驗李同和是否真的有天才，以及自己是否真的有鑑賞力的機會呀！

李同和的作品寄出了，辛心並沒有把這件事放在心上。他每天依然去學校做猢猻王，給孩子們講童話，教他們繪畫；回到家裡，他坐在窗前畫巷子裡孩子們的動態，躺在疊蓆上做白日夢。……

一個早晨，他剛剛從一個美麗的夢境中醒來，卻還閉著眼在回味。房門上起了「閣、閣、閣」的敲門聲。是誰呢？這麼一大清早就來擾人清夢！「請進來！」他在被窩中懶洋洋地說。

他的房門永遠不上鎖的，因為房間裡沒有值得偷兒光顧的東西。房門被推開，走進來的赫然是他所任教的學校的校長。他嚇得推被而起，一面把房間裡那張唯一的椅子上的衣物拿走，請校長坐下，一面手忙腳亂地穿衣服。他心裡在想：校長無故光臨，一定凶多吉少，他是不是對我的教授法不滿，要請我滾蛋呢？

他忐忑不安地偷偷瞄了校長一眼，戴著黑框眼鏡、平日不苟言笑的校長卻正和藹地向他微笑哩！

「辛老師，恭喜你了！」老校長首先開口。

「恭喜我？校長，我有什麼事情值得恭喜的？」他感到莫名其妙。

「你恐怕還沒有看報吧？」校長從外衣口袋中取出一份摺疊過的報紙，指著用紅筆勾著的一段消息給他看。

他接過報紙，在紅墨水劃出的地方看到了「我國學童李同和榮獲世界兒童畫展第二名」的標題。

當他還來不及高興，也來不及思想時，校長就把他手中的報紙奪去，並且很急促地對他說：「等一下請辛老師一定要來參加朝會，我要把這個光榮的消息向全校宣佈，並且要表揚你和李同和師生兩人。」

他那李同和兩個人像傀儡般坐在臺上，聽校長訓話，聽學生們鼓掌；也不知過了多久，他都快要睡著了，坐在他隔壁的同事推了他一把說：「校長要你起來講話喔！」

他茫然站立起來，望見臺下一張張浴在朝陽中的可愛的臉孔，頓時想到了自己該說些什麼。他清了清喉嚨，大聲地說：「每一個兒童都有喜歡圖畫的天性，假如我們能夠從這一方面給他們啟發，多給他們畫圖的機會，我相信每一個孩子都可以成為畫家。李同和固然是天才，但是我們不必大驚小怪，也不必把他大捧特捧。我認為：去發掘更多的李同和，才是我們的責任。」

說完了，在校長和其他教員們的錯愕中，他昂然走下臺去。

他回到他的「窩」裡，一腳才踏進房門，後面立刻跟進來一大堆人。

「辛先生，我是××報的記者，請你談一談你的學生李同和平日學畫的情形好嗎？」

「辛先生，今天晚上請到電臺接受我們訪問。」

「辛先生，我們準備在明天的電視節目裡請您和您的高足李同和當場表演畫畫。」

「辛先生，請您寫一篇有關美術理論的文章給我們雜誌發表好嗎？」

「辛先生，您的畫真是自成一派！不愧名師出高徒！我們決定以本會的名義為你們師徒舉行一次最盛大的畫展！」

跟在這些記者、主編、總幹事之流後面的是藍沙和董之平。多少年來，他們都不曾枉顧過他的「窩」了。

「老辛，你成名啦！不過，我看，利還沒有就吧？你來參加我們的美術廣告公司怎麼樣？我們給你最高的薪水，靠你的大名，我們的生意一定會蒸蒸日上的。」藍沙擠到前面來，親熱而諂媚地拍著他的肩膀。

「老辛，你真不含糊，我看我也不要搞什麼抽象派了，不如來跟你學畫兒童畫吧！」董之平也不肯後人，搶到他的跟前用兩隻手緊緊握著他的一隻手用力地搖著。

他捧脫了他們兩個人的手，跌坐在那張唯一的椅子上，閉著眼，向圍在他四周的人揮著手，有氣無力地說：「請你們通通出去，我要靜靜地思想一下。」

那些人面面相覷，可是誰也沒有移動一步。

他睜開眼睛，兩隻手用力地向前揮動著大聲的說：「我要你們出去，聽見了沒有？出去！出去！通通給我滾出去！」

那些人都嚇了一跳，你擠我我擠你的逃出了那三疊的小房間。只聽見有誰在向誰說：「有人說過天才就是瘋子，我看這位辛先生的神經頗有點問題呢！」

民國五十四年《人間》

書生

他一路上踢著一顆小石子。他是踢得那麼使勁，彷彿那顆小石子是他的仇人，這樣踢它幾腳便可以消除心頭的憤恨，又彷彿那顆小石子就是他心中的煩惱，他要把它踢得無影無蹤。他踢著，踢著，現在它已不是一顆小石子而變成一個足球了，他的腳好像有魔術一樣，使得這顆小石子，不，這個足球時左時右地順從著他的指揮。哈！你們驚奇嗎？看不出我這個「文謅謅的書生」居然也有「這一手」？你們簡直是有眼無珠，少見多怪！我在中學時代原來就是個足球選手呀！哈！踢進球門了！我的球技到底不賴吧？

小石子被踢進一個水潭裡，咚的一聲，濺起了一朵渾濁的不透明的水花。他站在潭邊，望著潭面被小石子激起的一個個漣漪，由小而大，而漸漸消滅。潭面復歸平靜，黝黑的水面反映出一個人的倒影：蓬鬆的頭髮、失神的眼睛、緊閉著嘴唇……，一臉兇相！

「啊！這是我嗎？不！這不是我！人家不是都叫我白面書生的嗎？」他用雙手捧著臉，背轉了身，在潭邊的一塊石頭上坐下。

「哈哈！新儒完全是個標準的白面書生，連名字裡都有一個儒字。」

「白面書生就是小白臉啊！」

「對！中文系的都是小白臉，美男子！」

不知從什麼時候開始，他就被同學們叫做「書生」。後來，因為他常常在校刊上、壁報上還有雜誌裡的青年園地中發表些新詩和散文，又有人叫他做「詩人」或者「大作家」，不過，它們始終沒有「書生」兩個字響亮。起初，他曾經為了別人給他取諢號而十分氣憤，但是慢慢也就習慣了，反正「書生」又不是個壞字眼，管它呢？

想起來，要做「書生」也並不容易。當他要填寫大專聯考的報名單時，他爸爸就逼著他要把外文系列做第一志願，中文系只准填作第二志願。

「新儒，我對你太失望了，你高中三年的成績都很不錯，為什麼不考甲組？我是學電機的，多麼希望有個兒子能夠繼承衣鉢！想不到你居然喜歡讀那撈什子的文學！讀文學有什麼用？將來你想做作家？告訴你，那是最沒出息的一種行業，他們連自己也養不活，又會寫得出什麼好作品來？我問你，為什麼諾貝爾文學獎從來不會落到咱們中國人的頭上？」爸爸狠狠的訓了他一頓。

「爸爸，我對理科太沒有興趣了，士各有志，希望您能夠成全我。」他含著淚說。

「前途是你自己的，又不是我的，隨你便！將來你可不能怪我誤你終身。」爸爸鐵青著臉說。

他終於如願的考取了中文系，但是爸爸一點也不高興。親友們來向爸爸道賀時，爸爸只是冷冷的說：「沒什麼，乙組的，沒有用，沒有用。」

儘管爸爸不滿意他的選擇，他在過去兩年多的大學生活中卻享受到生平未有的心靈上的滿足。他天天遨遊在文學的廟堂上，親炙著諸子百家，享受著先人留給我們豐富的精神上的遺產，聆聽著白髮教授精闢的見解，他似乎邁進了一個新的天地中。沒有方程式，沒有文法，沒有英文生字，沒有定律……，每一門課程都是我喜歡的，多好！

他用手指把蓬亂的頭髮扒了一扒，轉過身體，面對潭水坐著。汙濁的潭水因為受了太陽的蒸發而冒出了一陣陣難聞的氣味。他撿起一小塊瓦片，把它斜斜地撇向潭面，小瓦片在水面跳了三跳才沉到水裡。

「哈！我不只會踢足球，還會撇石子，有誰會撇得這麼好？誰說『百無一用是書生』？」他想。

「是她說的，我自己也說過。書生真的是百無一用嗎？我的天！我為什麼要做書生？難道爸爸的話應驗了？她，好個勢利的、虛榮的女孩子！哼！」

他又撿起一片碎瓦撇向潭面。瓦片又是跳了三跳然後沉下去。當他注視著那一圈圈的漣漪時，他彷彿看到了一張女孩子的圓臉。

「聽說我們系裡的男生把中文系填作第一志願的只有你一個，我很佩服你的眼光。」這是他們認識後她第一次對他講的話，她的大眼睛很明亮，圓臉上嵌著個小酒渦。

「本來我爸爸不准的，後來我哭著求他他才勉強答應。」他有點不好意思的說。

「這可見你是真心的。」她的大眼睛望著他一眨一眨的，兩道濃密的睫毛就像兩把小小的黑色羽扇。

「那麼你呢？」他紅著臉問。

「我們不同嘛！女孩子好像天生是要讀文科的，你沒看到中文系和外文系都是女生佔了多數的嗎？」

由於她這句話，他想起了他好些中學同學都要戲稱他為「密斯」，還有人跟他開玩笑：「哦！中文系的，追求妞兒最方便了，近水樓臺！」

於是，他不安了。

他再度撿起一小片瓦撇向潭面，他又看到那個女孩的無數張圓臉。那張有著大眼睛和酒渦的圓臉在他們第二次交談時就對他說：「你很瀟灑，也很文雅，我們女生都說你是書生本色。」說著，她掩著小嘴偷偷的笑了起來。

書生！書生！又是書生！為什麼每個人都說我是書生？他沒有留意到她運用成語的不當，只是為了她的「大膽」而更加不安，同時又摻和了一點點憤怒。

我的外形像個白面書生嗎？潭面反映出他頭髮蓬鬆面容瘦削的影子，他竭力去回憶他昨夜以前的樣子，然而那印象卻是模糊的，比現在潭水中的倒影更模糊。也許是因為我不踢球而皮膚變白了，也許是因為我的個子夠高，也許是因為我有一雙深思的眼睛和憂鬱的容貌……

圓臉的女孩不是這樣說過嗎？「我喜歡你的眼睛。那淺顏色的眼珠子使你看來很聰明，也使人看了有著朦朧的感覺，覺得你深不可測，不知道你心裡在想著些什麼。」

當然，那是他們由同學的關係而進入戀人階段以後的事。他發覺他自己居然會愛上了文學以外的東西，他從來沒有想到女孩子竟然是這樣可愛的。他寫好了一篇作品，一定首先給她看；他心中有什麼煩惱，她就是他傾訴的對象。他們上課時坐在一起，一起上圖書館，一起看電影，一起讀心愛的小說。有了她，他不再介意人家叫他「白面書生」，甚至說他是「百無一用」的書生也不在意。每當他忘情地凝視著她那長著濃密睫毛的大眼睛時，他就會懷疑上天為什麼會造出一個這麼美好的女孩子，而這個女孩子竟又傾心於自己，這不能不說是異數了。

不過，她也有一點不好的地方。她太不用功了，她上大學完全是玩票性質的，對文學無所謂愛好與不愛好，唸書只為了混日子。他起初曾規勸過她，後來，看她已經無可救藥了，他想：隨她去吧！女孩子嘛！遲早要嫁人，反正裝了一肚子的學問又不能當嫁妝。當時他很驚訝自己何以會有這麼封建的思想；現在他卻覺得那是當然的事。他的這幾句可能不適合於一個有抱負有雄心的女孩子身上，不過，對她，甚至對一般女孩子，卻並沒有什麼侮辱的意思在裡面。

拍了拍手上的灰土，他站起身來，用很大的勁把腳邊一塊小石子踢進潭水裡，咚的一聲，被激起的汙水幾乎濺到他的褲管上。他昂著頭，離開了這泓汙濁的潭水，踅進小巷，向回家的路上走。

一路上他又踢著一顆小石子，他真恨不得也踢她幾腳。昨天晚上，啊！那個將使他永遠不能忘懷的生平最屈辱的晚上。他親眼看見她把手插在另外一個青年人的臂彎中在大馬路上走著。那個青年戴著一副寬邊的眼鏡，頭髮梳得光光的，體格很壯碩，身上的西裝畢挺。他站在擁擠的行人道上，看著他們親暱地偎依著橫過馬路，眼睛都快要冒出火來了。怪不得近來她老說沒有空，態度也似乎跟以前有點兩樣，只怪自己眼睛瞎，看不出來罷了！他像生了根似地站在路邊，若不是旁邊有根柱子給他靠著，他真會倒下來。這能相信嗎？不久以前她才對他說過她喜歡他淡顏色的眼睛，而每天下了課也都在一起說說笑笑的，如今，她竟和別人挽臂而行？

他不像大多數的年輕人一樣，看見女友別戀就要死要活的去大鬧一場；他明白感情不能勉強，變了的心就像扭曲了的鐵絲一樣，永遠無法恢復原來的平直，他不準備去質問她，他只想獨自吞下這杯失戀的苦汁，讓受創的心藉著歲月的治療而慢慢癒合。

今天早上，他如常去上學，她見了他若無其事的，依然是近來那副愛理不理的態度。他懷著憂傷的心情上了一節課，休息的時候，一個同學把他拉到一旁，用神祕而帶著憐憫的眼光望著他說：「我們的大作家，可憐的詩人，你已經失掉你心目中的女神了。」

「你說什麼？」他鐵青著臉說。

「難道你真的不知道？你的女朋友投到別人的懷抱裡去啦！」那個同學怪聲怪調的說。「她對人說，她不想繼續和你做朋友下去了，她說文科學生最沒出息了，尤其是我們這些百無一用的書生。新儒，這下我們可慘了，連你這個美男子都被人家摔，像我這樣的醜八怪還有誰要呢？」他壓低了聲音又說：「我告訴你，她新交的男朋友是物理系畢業的，聽說已考取了留美。我的大作家，你還是趁早改行吧！現在理科的學生才吃香哪！」

「謝謝你告訴我。」他把那同學搭在他肩上的手拿走，默默地走開，默默地離開了校園，然後就默默地走到那條巷子盡頭的一池濁水旁邊。「潭」是他賜給這個汙水池的封號，因為這裡很靜，除了有時會有一隻野狗走過，或者一個撿破爛的老人在附近一個垃圾堆上翻著「寶藏」以外，就難得看見一個人影。當他心裡有煩惱時，他時常會跑到這裡來靜坐，向潭水傾訴。

他的家到了，他用最大的氣力把小石子踢進門前的水溝中，然後推開木門，走進院子。在玄關上他聽見了爸爸在跟人談話的聲音，正想退出來從後門進去時，爸爸已在裡面看到他，並且叫他進去。他俯身脫下那雙滿是塵土的皮鞋，極不情願地走進客廳。

那個客人是他不認識的。爸爸給他們介紹了，客人問他在那裡唸書，他告訴了他。

「哦！真不錯！學校倒是一流的，可惜選系選得不太理想，恐怕這不是你的第一志願，是被分發的吧？」客人說。

「這是我的第一志願。」他板起臉，聲音很不客氣。

「這孩子太不聽話了，我本來就不准他樣填的，他偏要——」爸爸說。在客人面前，這句話他已不知說過多少遍。

「爸爸，我——」

「別打岔！」爸爸瞪了他一眼。「我真不明白他為什麼要喜歡那撈什子文學，文章能值多少錢一斤呢？」

「那也不一定啊！聽說很多武俠小說的作者每個月可以賺一萬幾千塊錢的稿費哩！」客人說著就呵呵的大笑了起來。

「老伯，對不起，請不要把武俠小說和文學兩個字混在一起，那會汙衊了文學的。」他用一種似乎不像是他自己的遙遠的聲音說。說出來以後，連他自己也奇怪為什麼忽然間會有這麼大的勇氣。

客人錯愕地望著他，一時說不出話來。

爸爸顯然是氣壞了，臉上一陣青一陣白，望著他張口結舌。

他站起身來，向客人鞠躬告退，立刻就躲進自己的房間裡。剛關上房門，他就聽見爸爸長嘆一聲說：「唉！這孩子太沒禮貌了，請老兄原諒。」「還是孩子嘛！我怎會介意？」那是客人的聲音，接著又是一陣像梟鳥叫一般的乾笑聲。

他用手捧著頭，頹然在書桌前坐下。桌上的玻璃墊下，赫然有個巧笑倩兮的圓臉女孩在向他綻露出一口雪白的牙齒。他掀起玻璃板，把那張四吋照片拿出來，捧在手上端詳了片刻，立刻就咬著牙，把心一橫，用兩隻手把它撕得粉碎，丟到桌底的鋁質字紙桶裡。

無聊地，他一手托著腮，一手拿著筆，在一張紙上縱橫地亂塗著，下意識的寫滿了「百無一用是書生」和「恨儒冠誤我」這兩句話。他的心胸充塞著憤懣之氣，幾乎就要爆炸了。他很想對著窗外的天空大聲問：「書生真的是百無一用嗎？為什麼每個人都認為男孩子讀文學沒有出息？」然而，他的喉頭卻似梗塞著，發不出聲音來。

突然，他想起了剛開學時，一位教授對他們講過的話：「你們這些選讀中國文學的學生，將來就是中華民族文化的繼承人、舊文學的延續者，你們的使命是很重大的。現在，歐美人士都很重視漢學，美國的許多大學都成立中文系，到我國來留學的外國學生也愈來愈多，我們自己怎麼可以自暴自棄？我們又怎麼可以把列祖列宗遺留下寶貴的遺產不好好的保存起來？……」

我是中華民族文化的繼承人？還是個百無一用的書生？現在，在他紙上塗滿的是無數個？號。

民國五十三年《中央副刊》

生命的泡沫

車子漸漸駛入山裡，公路兩旁盡是茂密的林木，偶然也有一道小瀑布沿著峭壁在奔流。懿修把頭靠在椅背上，悠閒地瀏覽著車窗外的山巒景色，心中一陣愉快，嘴裡不覺低低地哼起那首輕快的〈維也納森林故事〉的旋律來。

雖然車子的馬達聲很響，但是，她清脆的嗓音仍然可以隱隱約約地傳入她鄰座旅客的耳鼓裡。鄰座那個人的臉向她這邊轉過來了，薄薄的兩片嘴唇裂開，露出兩排整齊雪白的牙齒，一雙亮晶晶的眼睛裡含著笑意，它們似乎會說話：「我美麗的旅伴，妳唱得真好聽！」

她驀地驚覺了，連忙閉起小嘴，把甜蜜的歌聲咽回肚子裡，羞得兩頰緋紅。討厭的傢伙！人家一時高興哼兩聲，有什麼好笑的？她惱恨地把頭扭側，連眼角都不想碰到那個「傢伙」一下。車窗外風景雖好，可是她的脖子瘦了。

車子越爬越高。現在，她眼前看到是一幅幅以雲天為背景的古松圖，一株株的蒼松屹立路旁，後面是白雲藍天，彷彿下臨無地，她閉著眼睛深深地呼吸了一下。呀！多新清的空氣！要是能夠把肺葉中都市汙濁的氣體都抽出來，再把這裡鮮潔的山林清氣換進去多好！我真有點羨慕西苓，她，能夠有機會在礁溪一住四年，真比我有福得多！

西苓現在不知道做什麼？想來一定是在忙小孩的事。我的不速而至準會把她嚇一跳。她一定目瞪口呆的望著我，以為是在做夢。懿修微閉雙眼，情不自禁地微笑起來，由於脖子太酸的關係，她的頭已經恢復原狀靠在椅背上；她的笑容很甜很可愛，她的鄰座一看見不覺也被傳染到嘴角上。

這一次她沒有發現鄰座跟著她笑，即使發現了，她也沒有機會發作或者生氣；因為，就在這一剎那，車子戛然地停在公路的中央。

全車的人都騷動起來，司機離開駕駛座，走到車子前面打開車蓋檢查了好一會兒，然後走過來對收票員講了幾句話。女收票員向旅客宣布：車子的引擎發生故障，在這裡不能修好，而這裡又沒有電話，必須等到另外一班公車開來，把司機送到宜蘭去，然後他再開另一部車子來接大家。

大家聽了都叫苦連天。懿修更是倒抽了一口涼氣，現在才十一點多，本來就要中午才能到達，如今要等到什麼時候啊？她呆呆地望著窗外的雲天和古松，此刻，這些景物對她已失卻吸引力了。我為什麼這樣倒霉啊！多少年才出來旅行一次，卻偏偏遇到車子拋錨。她剛才還在想西苓看見她一定會奇怪地問：「咦妳今天怎麼這樣自由呢？是妳那一位給妳放假了嗎？簡直是奇蹟嘛！」於是她就得意地回答：「妳奇怪嗎？告訴妳吧！是我給我自己放假的，他今天出公差去了。天氣這麼好，我想我悶在家裡做什麼呢？去看看西苓呀！我就這樣來了。」可是，現在我被拋棄在荒野中和一群陌生人在一起，萬一生了什麼事，萬一今天晚上趕不回臺北去怎麼辦？

「小姐，下車走走好嗎？這一次我們恐怕要等很久哩！」是誰在跟我說話？她抬起頭，是那雙亮晶晶而含著笑意的黑眼睛，還有兩排雪白的牙齒。

她不解地望著他。

他會意地又說：「妳看，全車的旅客都下車了，坐得太久對身體不好，還是下去走動走動比較好一點。」

她一看，果然車上全空了。你為什麼不下去？等在我旁邊做什麼？她懷著敵意地瞥了瞥面前那個穿戴整齊的青年人，機械地把嘴角牽動了一下說：「謝謝你的好意，我會下去的，你請便吧！」

年輕人笑了笑，揹著他的照相機下車了。

她攏了攏頭髮，從皮包中拿出一條花綢頭巾來把頭髮包住，又把身上那件毛線衣的鈕扣扣好，站起來把裙子拉平，才慢慢地走下車去。

同車的搭客都在路旁或站或坐，個個都顯得無精打采，那個年輕人斜倚在一棵松樹旁，一看見她下車，兩隻眼睛就牢牢地跟踪著她。她厭煩地昂起頭走到遠離那些人的另外一株松樹下，凝視著下面長滿灌木的深谷。

出風很勁，雖然是春天了，還是帶著點寒意。她用手環抱著自己的雙臂，很後悔沒有把風衣穿來。

「冷嗎？」有人在後面說。

轉過身來，又遇見那雙永遠閃著亮光的黑眼。

她搖搖頭，卻無法掩飾自己冷得起了雞皮疙瘩的臉。

「穿上這件毛衣吧！否則妳會冷壞的。」黑眼睛溫柔地望著她，一面遞上一件灰色的對襟兔毛男裝外套。

「那麼你自己呢？」她實在捱不住了。

「我已穿夠了，這件是多帶來的。」他微笑著指著自己身上穿的一件同質料同顏色的套頭毛衣。這時，她發覺他很年輕，像個大學生的樣子。

「只是，太不好意思了！」她沉吟著。

「來，穿上它。」他不答她的腔，逕自把毛衣替她穿上。

「謝謝你！」她羞澀地向他點點頭。

「這算不了什麼。」他回答她一個很溫文有禮的微笑。然後，他接著又認真地問：「我可在這裡站站嗎？」

「為什麼不可以呢？這又不是我的地方。」她不覺失笑起來。

他深深地看了她一眼說：「小姐是要到宜蘭去？」

「不，我去礁溪。」

「真的嗎？太巧了！」他的黑眼閃閃有光，頰上浮現出喜悅的紅暈。「我也是要到礁溪去。」

她不說話，臉上有著懷疑的表情。巧合和巧遇，不都是傳奇小說中的公式嗎？哼！這個人！

「妳看我的票子，我沒有騙妳。」他也真聰明，竟然掏出他的車票來證實自己的話。

她瞥了一眼，又不說話了。我又不認識你，誰管你去那裡呢？笑話！

「小姐是去礁溪玩嗎？」黑眼睛望著她，訕訕地又問。

「看朋友去。」

「第一次去？」

「嗯！」

一大片烏雲遮住陽光，山風在呼嘯著，她用毛衣把身體裡緊了一點，皺著眉說：「你想我們要等多久？」

「誰知道呢？」他聳聳肩。「不過，要是我們幸運，遇到有軍車經過，就可以請他們把司機帶到宜蘭去，不必等一班車了。」

「真要命！」她還是愁眉苦臉的。

「有急事嗎？」他關切地問。

「沒什麼。」她搖搖頭。

「那麼，坐下來吧！」他掏出一條雪白的手帕來鋪在地上。

「不，我想我還是回到車子裡去坐好一點，這裡風太大了。」

他有點懊喪地拾起手帕，折疊好放回口袋裡。當她轉身要走的時候，他又叫住了她：「小姐，讓我給你拍一張照片好嗎？」

她遲疑著。

「那沒有關係的，我以人格保證一定連底片寄給妳。」他懇求著說。

他眼睛裡純真的表情感動了她。他只是個天真的大孩子，不會有不良企圖的，我為什麼要拒絕一個孩子的請求呢？

「好吧！」她向他嫣然一笑。

「謝謝妳！」他笑得很開心。

他請她將身子靠著松樹幹，頭向側仰起，作出眺望雲天的姿勢；然後他歡欣地向後倒退幾步，蹲在地上，攝取了她美麗的影像。

「再一張好嗎？」拍好了一張，他又像個孩子般向她提出請求。

她不忍拒絕。於是，一張接著一張的拍下去，直至她不能再忍受山風的吹襲為止。

她奔回車子裡，他也緊緊跟著。才坐下，她突然感到肚餓得難受，一看錶，原來已經快一點了。

「妳一定餓了，我這裡有可以吃的東西。」他又看出她的心事了，真是個鬼靈精！簡直聰明得有點可怕！她不禁有著「眼波才動被人猜」的感覺。

還等不到她開口，他已打開隨身的小小旅行袋，拿出好幾包零食來：果汁、牛肉乾、巧克力糖、花生米、杏脯和桃乾。

她撿起一小片牛肉乾放進嘴裡，笑著說：「你真像個孩子！」

「本來妳我都是孩子嘛！」他稚氣地笑了，雪白的牙齒在閃閃發光。

她感到一陣內疚。孩子？我還能算是孩子嗎？一個結了婚三年的少婦。

車子外面突然起了一陣騷動，還夾著歡呼的聲音。他們一齊把頭伸到車窗外去觀望，看見一部空的公路車正從宜蘭那方面向他們駛來。

「我們下車吧！有車子來接我們了。」她高興地說。

「奇怪，司機什麼時候走的，我們怎麼不知道？」他卻是呆呆地坐著毫不起勁。

「走呀！遲了就找不到位子了。」她說，因為他坐在她旁邊的座位上，擋住了她的出路。

「好吧！」他無精打采地收拾好東西，跟她下了車。

他們上了另外一部車子，一個相連的座位坐下。他向司機探問，知道他是搭乘一部路過的軍車回宜蘭去的，剛才他們只顧拍照，竟沒有注意到。

他把這件事告訴了她，還加上一句：「我倒寧願那部車子一直拋錨下去。」

「為什麼？」她詫異地問。

「妳真的想知道？」他的一雙黑眼深深地凝視著她。

她被他看得膽怯，只能勉勉強強地點一點頭。

他在她耳邊低低地說：「捨不得離開妳！」

她的臉一紅，同時本能地把身子挪開一點，她聽見他輕輕嘆息的聲音，隨即被車子的馬達聲掩沒了。

藍天、白雲、山崖、松樹都在車旁掠過，車行如箭，轉瞬已下了山駛進蘭陽平原，現在，呈現在他們眼前的是稻田、菜畦、小溪和茅舍交織成的農村景色。

她不大講話，他也很沉默，除了請她吃東西以外，簡直沒有開過口。

到了只剩下一站就到礁溪時，他忽地轉過頭來定定地望著她說：「妳說妳是到礁溪看朋友？」

「是呀！」她避開他的目光說。

「有重要的事嗎？」

「不一定。」她沉吟著。

「假如不一定的話，我——我希望妳改變一下計畫，和我一道去享受大自然的美景。」他也低垂著眼皮，顯得有點難為情的樣子。

「這怎麼可以呢？」她有點心動。去西苓的家裡，兩個人談的無非是丈夫和孩子，那是多膩人的題目呀！何如跟這個天真的大孩子到野外去重溫一下逝去的青春的夢呢？

「妳看，今天天氣這麼好，春天又是那麼短促，躲在屋子裡實在太辜負了大好時光！妳的朋友家裡隨時可以去，但是我們卻不是隨時能遇見的呀！」他用畏怯的雙眸睇視著她，但是，最後兩句話卻有力地打動了她的心。

「這樣吧！下車後，我讓你再拍幾張照片，然後我再去找朋友，好不好？」她像哄小孩子似的說，一面把穿在身上的毛線衣脫下還給他。

「好！好！謝謝妳。」他擁抱著帶有她的體溫和芳澤的毛衣，滿懷欣悅的說，黑眼睛像兩顆發亮的星星。

車子停下來，他小心翼翼地扶她下了車。在仲春下午的暖陽下，她看見他的臉煥發著光輝。

「我們先去吃飯好不好？妳一定餓壞了。」他溫柔地對她微笑著說。

「我倒不餓，你的巧克力糖和牛肉乾早已把我填飽。」她笑著說，並沒有拒絕他的邀請。

車站旁邊有幾間小吃店，看來都很簡陋。

「不怕髒吧？」他俯下頭問她。她搖搖頭。

他選了靠邊一間比較光亮整潔的，兩個人在對著窗口的座位上坐下，鑲著金牙的胖老闆娘走過來問要吃什麼。他徵求她的意見，她說隨便；於是，他操著半調子的本省話點了豬肝湯和炒米粉。他生硬的發音使得她笑彎了腰，也使得老闆娘的小眼睛變成了兩道縫。

「小姐，你是那裡人？」等她笑夠了他這樣問。

「廈門。你呢？」

「廈門？那麼你一定能講本省話了，剛才你為什麼不開口，要害我出洋相呢？」他發急地說。

「不這樣怎能贏得老闆娘嫣然一笑呢？」她頑皮地向正站在灶前忙碌著的那個巨大身影呶嘴。

「可是我只要贏得你的一笑。」他俯身向前，低低地說，眼裡含著無限的情意。

她惕然而驚，不過卻強自鎮定的說：「你到底是那裡人嘛？」

「我是大舌頭的河南人。」他裝了個滑稽的表情。

「倒聽不出來。」她說。

「因為我從來不曾回過家鄉。」

「你還在唸書吧？」好奇心使她向他打聽他的身世。

「妳把我估計得太年輕了，我已離開學校，現在一家雜誌社當攝影記者。」

「哦！好輕鬆的職業！好年輕的記者！」

「妳呢？」

「我——我是個無業游民。」她並非有意隱瞞自己的身分，只是，她覺得不忍傷害這天真的大孩子。

「最美麗的無業遊民！在家裡跟著媽媽學習家務嗎？」

「嗯！」她低著頭。

豬肝湯和炒米粉送上來了。也許他們真的餓了，也許是胖老闆娘的手藝還要得；這簡單的一餐，他們竟吃得異常美味，他轉眼吃光一盤炒米粉，臨時又多要了一盤。

當他去到櫃檯上去付帳時，她偶然望向窗外，看見有一個男人站在車站外東張西望，高高的瘦瘦的，寬邊眼鏡在陽光下閃閃發光。那多像她的丈夫啊！他怎會出現在這裡的？難道他臨時不要出差，回家發現她不在，所以追到這兒來了？不，不可能的，我並沒有留條子，他怎會找到這裡來的？

他——那個大孩子笑哈哈地站在她面前。「我們走吧！」

「不，我不能跟你去玩，我有點重要的事要辦。」她站起身來慌亂地說。「我的意思是，我必須立刻上我的朋友家裡。」

他們走出店門，現在她發現那個高高瘦瘦的男人並不是她的丈夫，這個人比她的丈夫老得多了。

他的臉一下子變得蒼白如紙。「真的有那麼嚴重嗎？妳的朋友住在那裡？我送妳去好不好？」

「不，不，我自己去就可以了。」她虛弱無力地望著面前這個同遊了幾小時的陌生青年。「謝謝你的午餐。我沒有辦法陪你去玩，請你原諒我。」

「那麼，妳幾點回臺北去？我在車站等你。」他的聲音是顫抖的，黑眼睛黯淡無光。

「那可不準，請你不必等我。」她勉強地裝了一個微笑，向他擺擺手，轉身就走。

走了幾步，就聽見他氣吁吁地在後面叫著：「小姐，請等一下，我還不知道妳的姓名和地址，怎能把照片寄給妳呢？」

「不必了，你就把那些照片當作一般風景照就行啦！」她咬著嘴唇，硬起心腸說。

青年人木然地望著她，緊閉著嘴巴，不發一語。她急速地轉身，不敢再去看他；因為她如果再看他一眼，她將會改變主意。

她不知道西苓的家怎麼走法，繞了個幾彎，到一家雜貨店向一個老人問了路，才知道自己走的方向正好相反。幸虧這裡地方小，往回頭只走十多分鐘就找到了。一路上她一直害怕又碰到那個年輕人，走在路上都是躲躲藏藏的。

推開西苓家的竹籬笆，她完全失去剛出門時遠道訪友的那股興奮勁。她沒有高聲呼喚老朋友的名字，只是默默地跨過院子，走到屋前。西苓正悠閒地坐在客廳中打毛線，屋裡靜悄悄的，想來孩子們正在午睡。下午三點鐘，正是主婦一天中最空閒的時間。

是西苓先發現了她，先是一愣，隨即就大呼小叫的：「懿修！是你！什麼風吹來的？怎麼事前也不寫封信來？」

她走過去握住西苓的手，不知怎的，鼻子一酸，忍不住就哭了起來。

「怎麼啦？一見面就哭。什麼事使妳難過，告訴我吧？」西苓扶她坐下，捱在她的身邊，關懷地問。

她只是搖頭，卻是愈哭愈傷心。

「真急死人了！見了面一句也不講就哭，到底是什麼事嘛？」西苓直跺腳。

「西苓，我要回去了，你送我到車站去吧！」過了一會兒，她忽地止住了哭，抬起頭望著她的朋友說。

「妳這個人多怪呀！老遠的跑來，哭一場就要回去。妳不告訴我到底為了什麼，我絕不放你走。」西苓生氣地用力按著懿修的兩肩，不讓她站起來。

「等一會兒我會在路上告訴妳。不過，妳走得開嗎？」她說。

「孩子們在午睡，讓我去看看他們有沒有踢被子。」

她站起來跟西苓走進臥室裡。小床上睡著個兩歲的小女孩，搖籃中躺著個胖嬰兒，臉蛋兒都是紅撲撲的，正睡得香甜。

「多可愛的一對小天使！」她由衷她讚羨著。她想：西苓有了這兩個可愛的孩子，所以能夠安份地在家裡做賢妻良母；而她自己，正因為家裡缺少一樣維繫她心靈的東西，才會不甘寂寞，才會……

「孩子雖然煩人，不過也的確可愛。怎麼樣？妳也結婚三年了，還沒有消息？懿修，我告訴妳，養孩子還是趁年輕比較好啊！」西苓親熱地摟著她的肩膀說。

「不知怎的，我就沒有勇氣。」她喃喃地說。「西苓，我——我們還是趁早走吧！回頭孩子醒來找不到妳會哭的。」

「懿修，我真恨妳！多年不見了，一來了就要走，也不留下來吃頓飯。」

「西苓，下次吧！下次等我準備好，我會來住幾天的。」

西苓把大門掩上，和懿修手拉手的走到街上。她微睨了一下懿修蒼白的臉，就狡黠地問：

「懿修，我猜妳又是和他拌嘴了，是不是？」

懿修錯愕地望了西苓一眼，目光中露出茫然的神色；但是，這茫然的神色旋即就變為淒怨的表情。她俯著頭，幽幽地說：「妳真聰明！一猜就對！」

「懿修，聽我說，你們吵得太多，日久是會傷感情的，妳就讓他一點不行嗎？從妳的信中，我知道他也不是個怎麼不好的丈夫，只是妒嫉心重一點，不喜歡你單獨外出罷了！不過妳要知道是因為妳長得美，他才會這樣呀！像我這副黃臉婆模樣，我們家那位才不管我哩！」

「西苓，據妳這樣說，難道我就應該整天呆坐在家裡嗎？」

「妳為什麼不找一份工作呢？」

「他就是不答應。」

「所以，我主張妳應該立刻有個孩子，有個孩子纏住妳，妳就不會想出去了。」

公路局車站在望了，懿修忽然立定腳步，畏怯地到處張望了一會兒，拉著西苓的手說：

「我想去坐火車。」

「妳今天怎麼這樣怪？一來了就走，有舒服的公路車不坐，偏要坐火車。到底是怎麼一回事嘛？」西苓不解地望著她。

「沒什麼，我想看看海景嘛！」

西苓領她走向火車站。「懿修，你還沒有告訴我，為什麼一來馬上就回去的理由。」她說。

「也沒什麼嘛！我偷偷地跑了出來，他並不曉得我來妳這裡，現在感到對他不起，所以我想立刻回去。」懿修低著頭說。她在心裡暗叫慚愧，到現在才對朋友說實話。

「好吧！算妳理由充足，放妳回去，省得別人怪我離間他夫妻感情，記住下次來不許這樣啊！」

「西苓，妳回去吧！孩子醒來找不到妳會哭的。再見！」她把西苓推出火車站，西苓向她揮揮手，因惦念著家裡的孩子，急急的就走了。

火車還沒有來，她孤單地坐在候車室內，眼睛直直地望著站上出入的人們。她有點希望那雙亮晶晶的黑眼睛會突然出現在面前；但是，一方面又警戒著：如果他來了，她就要設法躲起來。

半個鐘頭竟漫長得像半個世紀，好不容易火車來了，上了火車，那張有著迷人的黑眼睛和雪白的牙齒的臉始終沒有出現，於是，她輕輕地嘆了一口氣。這是寬心的表示還是悵惘的嘆息？如今對她都不重要了。幾個鐘頭的同遊，松下的照片，溫暖的毛衣，美味的零食，可口的午餐，陌生而真摯的友情……這一切的一切，都只不過是生命中的一個小泡沫罷了！這小小的泡沫，裝飾著陽光，有時也會和珠寶一樣璀璨美好；然而，泡沫終歸是泡沫，當它一旦消失了，就會永遠無影無踪。

民國五十三年《婦友月刊》

夫人，妳明晚還要再來嗎？

她也不知道自己為什麼要走進這個地方。是為了無聊？好奇？或者像那些傳奇小說作家筆下所寫的，為了找尋靈感？雖則她只是一個沒有作品的詩人。

總之，她已經來了。走進那道自動的門，走進那座自動的電梯，踏著軟軟的厚地毯，走過長長的甬道，她進入這座多彩的迷宮裡。

燈光是粉紅色的，映照著的人臉都是喜氣洋溢的。臺上的五人樂隊在懶洋洋的吹奏著，一個長髮紅衣的歌女在唱著一首低沉的戀歌。也許是時間還早的關係，顧客不怎麼多，座位只坐了四成，很多桌子都空著。

她在角落一張小桌子旁邊坐下，點了一份簡單的晚餐。並不是她吝嗇，實在是沒有胃口，她無意去聽歌女的歌唱，那種貓叫似的嗓子和夢囈似的歌聲都使她受不了。在不太明亮的燈光下，她東張西望，忙著去觀察週遭的環境；此刻，她才發現自己跟四周的一切都太不調和了。

大廳裡，畫棟雕樑、水晶燈、絲絨窗帘、羊毛地毯……布置得美輪美奐；客人們男的個個西裝筆挺，女的個個雲鬢高聳、珠光寶氣。這裡是臺北市第一流的觀光飯店呀！有誰像她這副德行就跑進來的？

她的頭髮已有三四個月沒有上過美容院了，全部直直地垂在耳後，就跟女學生們的清湯掛麵型差不多。臉上黃臘臘的，除了淡淡的口紅，什麼化妝品也沒有擦過。身上那件半舊旗袍已穿了兩三天，她下了班就直接到這裡來，也沒有換過一件。儘管如此，她卻毫不在乎：我是來消遣的，並不是來跟你們爭妍鬥麗，作服裝表演的呀！她不屑地搖搖頭，掃射了離她不遠一個舞女打扮的少婦一眼；但是，燈光太暗，根本就沒有人注意到她。

她所點的飯菜來了，她用最慢的速率，一筷子一筷子地挑著吃。她不是為了要減胖，也不是為了要欣賞歌女的貓叫，她是為了要「殺時間」。這些日子以來，下班以後的時間對她是一個可怕的深淵，她必須盡可能的在外逗留著不回去，以免被寂寞和哀傷淹沒；因此，加班、看電影、坐音樂咖啡廳，都是她用來殺時間的方法。不過，今晚的上夜總會，卻還是第一次。

長髮紅衣的女人的歌聲停止了，她扭動著蛇一樣的身軀在彎腰向聽眾們鞠躬，在熱烈的掌聲中，她的頭久久都不抬起來，濃濃的黑髮把整個頭、整張臉都罩住。

她突然感到一陣厭惡，這算什麼呢？貓叫似的聲音也值得如此喝采？

女人扭動著蛇樣的身軀走進後臺去。穿著白上衣、黑西褲，結著領花的司儀，走到麥克風前，分別用流利的國語和英語，報告下面的一個節目：一位猶太籍小提琴家的小提琴獨奏。

不錯！不錯！總算有點音樂可聽了。她這樣想著，頓時精神煥發起來。臺上出現了一個矮矮胖胖的西方老人，滿頭灰色的捲髮、深目鷹鼻，外表一點也不討人歡喜。他手上拿著一具小提琴，向臺下微微一鞠躬後，就將琴擱在左肩上，頭一歪，右手將琴輕輕搭在弦上。他拉動琴弓，琴弦立刻發出了幾下嗚咽的聲音；於是，老人垂下眼皮，開始獻技。

她凝神屏息地聆聽著，才聽了幾個樂句，她的心就狂跳起來。啊！是布魯赫第一號小提琴協奏曲的第二樂章，是小提琴曲裡面最美麗也最哀傷的一首，是我最愛聽的樂曲，不，是我和雨舟所共同最愛聽的樂曲；為何這個異國老人偏偏就在今夜奏出這一首？是多麼奇妙的巧遇？

小提琴的琴音在這充滿了酒色財氣的夜總會中嗚咽著，氣氛上的不調和就跟她的衣著一樣。然而，她卻沒有察覺到，食客們的喁喁細語與及杯盤相碰的聲音，她也都聽而不聞。在她耳鼓中及心靈中縈迴著的只是那哀傷、優美、纏綿、悱惻，如怨如慕、如泣如訴的旋律；她忘記了自己是孤獨地坐在夜總會裡，她以為自己正和雨舟偎倚著坐在家中的沙發中，唱機中唱片正為他們播放出一首又一首的美妙樂曲。

她的眼中不知何時溢滿了淚水，琴音也不知何時停止了，矮胖的老人正在彎身向臺下鞠躬。跟剛才那個長髮紅衣的女人相比，他所得的掌聲簡直是冷落得可憐，疏疏落落的毫不起勁，很可能只是為了禮貌而鼓的。

也不知那裡來的一股勁兒，她用力地鼓掌了。這明明是一位琴藝高超的樂師嘛！世上的知音何其稀少！她拼命地拍手，一直拍到兩手發紅發痛。她沒有注意到四周投來的詫異的眼光，卻發現那位異國老人正用感激的眼色看著她，而且還向她深深一彎腰。

她的淚水已快要控制不住了，她也不忍再看那個淪落在夜總會中賣藝的異國老人；於是，趁著臺下的燈光不太亮，她匆匆離開了這個酒色財氣的場所。

這一夜，她失眠了，她又為雨舟而哭泣。本來，在親友們的眼中，她已是最會克制悲哀的一個人了。雨舟因病去世後，她照常上班，照常生活；儘管內心痛苦，表面卻是強顏歡笑，因為她不想把憂傷傳染給別人。然而，那異國老人的琴音卻使她用理智築成的歡樂堤防崩潰了，她覺得自己是世界上最不幸、最孤單，也最寂寞的人。

當雨舟在世的時候，她卻曾經認為自己是世界上最幸福的人，歡樂永遠圍繞著她。

多少個細雨簾纖的春晨，他們裹在一件雨衣裡在湖邊散步；多少個天高氣爽的秋日，他們手攜著手到山上去採紅葉；多少個瑞雪紛飛的日子，他們圍坐在火爐邊剝栗子；多少個寒風凜冽的夜晚，他們偎坐在沙發上聽唱片。他們愛旅行，愛讀書，愛賞花，也愛聽音樂。最奇怪的是他們所喜愛的曲子都是一致的，那些柔婉的、哀傷的最能打動他們的心絃，蕭邦、柴可夫斯基、拉哈曼尼諾夫都是他們的偶像。有一次，當他們聽了布魯赫的那首小提琴協奏曲以後，就不約而同的公認其中的第二樂章是他們最心愛的曲子。

他們家裡這一張唱片已因為用得太多而紋路有點磨平，但是，自從雨舟去世以後她就沒有再聽過一次。今夜，她反常地把這張唱片放了一次又一次，流著淚默默地聽著，冥冥中似乎覺得雨舟又跟她在一起。

第二晚，她不由自主地又到夜總會去、坐在同一的桌子上。長髮的女人換穿一件金色的露胸衣服出場，顯得更妖冶，歌聲也更低沉了。

猶太老人像昨晚一樣，跟在長髮歌女的節目後登臺。一出場，他那雙深陷的眼睛就射向她所坐的地方，當他發現了她的存在時，那張臃腫的臉頓時煥發出光彩。他向聽眾深深一彎腰，眼睛卻是望著她。然後琴弓開始和琴絃合作，哀傷而美妙的旋律再度流瀉在酒色財氣的夜總會裡，那依然是布魯赫第一號小提琴協奏曲的第二樂章。

音樂使她忘了現實，把她帶回甜蜜的往事中，她彷彿又和雨舟偎依在一張沙發裡。好久好久，她還沉湎在過去中。突然，她聽見有一個蒼老的聲音用英語向她說話：「夫人！你會說英語嗎？」

她驚惶地像是從夢中醒來，瞪大了眼睛。站在她面前的正是那個猶太小提琴家，正慈祥地望著她微笑。

她一時說不出話來，只是錯愕地點點頭。

「我可以坐下來嗎？夫人！」老人又說。

她又再點點頭。

他在她對面的位子坐下。「夫人，你今晚沒有鼓掌，使我丟臉極了！我今晚沒有比昨晚奏得差吧？」他聳聳肩、攤攤手，裝出一副自我解嘲的樣子。

「啊！我太抱歉了！我忘記了鼓掌，因為我在想一件事。當然，你的演奏是非常了不起的。」她期期艾艾地向他解釋著。在一個陌生的異國老人的面前，能說些什麼呢？

「你是一位音樂家？」老人微笑著說。

「不，我只是個音樂的愛好者罷了！」她惶恐地回答。

「那麼，你喜歡小提琴嗎？」

「當然！」她接著又問：「先生，你為什麼每夜都演奏布魯赫這首曲子呢？難道你對它有偏愛？」

「因為這是我的妻子最喜歡的曲子。她已經去世年多了；但是，為了紀念她，我還是常常演奏它。」老人肅然地回答，神色裡有著一種虔敬的表情。

「啊！真的嗎？」老人的話使她覺得像觸了電一樣，悚然而驚。她凝視著老人皺紋縱橫、肌肉鬆弛的臉，很想對他說：「我們真是同病相憐！我和我丈夫也是最喜歡這首曲子，而他也去世了。」但是，她說不出口，中國女性傳統的矜持，使她不敢也不想在陌生人面前吐露身世和心事，她只是這樣說：「先生，你真是一位可敬的丈夫！」

「謝謝你，夫人！」老人站起身來向她微微彎腰。「打擾你一下。明晚你還要再來嗎？要不要再聽布魯赫這一首曲子？」

「是的，明晚我還要再來，我還要聽這首曲子，因為我也喜歡它。」她輕描淡寫地回答。

「夫人，我很高興遇見你，你是我所遇見的少數知音之一。願上帝保佑你和你的家人。明晚再見！」老人慈祥地注視了她一下，又再度鞠躬，然後蹣跚地走向通往後臺的門。望著那個矮胖的背影，不知怎的，她的眼睛竟然濕潤起來。

第三個晚上，她的腳步又不由自主的走向那個本來被她厭惡的地方——夜總會。她依然坐在原來的座位上，忍受著長髮歌女貓叫似的歌聲。長髮歌女今夜換穿一件深紫色發亮的長旗袍，緊緊地裹著曲線玲瓏的軀體，顯得很成熟，也很誘人。她發現臺下許多男人的眼光都被吸引去了。猶太老人是否還穿著那身黑色西裝上臺呢？可憐的落魄的賣藝者呀！你跟我一樣，都是跟這個地方太不調和了。

今夜長髮歌女的歌唱得似乎特別久，好不容易等到她款擺腰肢，下臺鞠躬，一臉虛偽的微笑的司儀卻上來宣佈，下一個節目是日本小姐的「豔舞」。隨著一陣靡靡的東洋音樂，臺上飄出一個穿著三點式服裝的日本舞女，露出一身白肉，在臺上扭來扭去。

為什麼？為什麼？為什麼小提琴獨奏的節目沒有了？猶太老人發生了什麼事嗎？她放下手中的筷子，氣急敗壞地穿過一張張桌子，走到櫃檯邊，急急忙忙的向坐在裡面的一個職員詢問：「為什麼節目換了？那位猶太小提琴家的節目呢？」

那個職員正全神貫注的在欣賞日本舞女的豔舞，漫不經心地回答她：「你說的是那個外國老頭子？他走了，他的節目被我們經理取消了。」

「為什麼？」她昏眩地扶著櫃檯，生怕自己跌倒。

「為什麼？」那個職員不耐煩地重複著她的話，眼睛仍然死盯著日本舞女。「因為他不受歡迎嘛！連續四五晚都奏著同一首曲子，那些撈什子古典音樂，誰要聽嘛？再給他演奏下去，我們生意都做不成了！」他轉過頭來，看了她一眼，笑嘻嘻地說：「這種舞才受人歡迎。你看，每一張桌子都坐滿了。」

她沒有再聽他說下去，像逃避什麼似的，匆匆就衝向電梯口。當電梯往下降的時候，她覺得自己的心也一直往下沉……

走出大門時，她厭惡地回頭看了看這座燈火輝煌的觀光飯店一眼，她知道自己不會再來了；但是，她也知道，她將永遠忘不了那位異國老人的琴音，因為那是她和雨舟所共同最喜愛的曲子。

民國五十五年《現代學苑》

仰望星星

這間狹窄幽暗的小店是我的避難所，低矮的櫃檯是我的神壇。一列列的貨架和櫃櫥拱衛著我，我整天坐在那些瓶瓶罐罐之間，竟有著一種與塵世隔絕的安全感。我在我的神壇上供奉著文藝女神繆思，一年來，讀完一本又一本的世界名著、創作小說、散文和詩歌。啊！不必再去背那些煩人的公式，不必去死記英文生字，讓心靈隨意馳騁在可歌可泣的故事和美麗的句子中，世界上還有比這更快樂的事嗎？

儘管爸爸嫌我太不能克紹箕裘，整天在嘀咕我太過書呆，不會做生意；儘管同學們都認為我是「自甘墮落」，只落第了一次，就不思進取，把自己埋葬在這個「黑暗的墳墓」中；但是，我卻一點也不以為意。一個人處世做人，但求心之所安就是，別人的看法，管它呢！

是的，我曾經很快樂，快樂得簡直要憐憫那些為升學而弄得身心交瘁的同學們，快樂得想要擁抱那座櫃面已被歲月磨軋得凹凸不平的櫃檯。爸爸曾經在這上面做了將近三十年的生意；如今，他移交給我，想不到我卻用它來供奉繆思。你們別笑我，不是我誇口，若干年後，也許這間狹窄幽暗的小小雜貨店會出了一個大文豪哩！誰知道？

然而啊！自從那一天以後，我的自得之樂就不再存在了，我寧靜的心境漸漸消失，書看不進去，繆思也被我冷落在一旁，我開始體味到人生苦澀的一面。

那天，當我正埋頭在紀德的《田園交響曲》裡面（我已記不清這是我第幾次讀它了。我深深地愛上了這本書，希望自己就是那個少年雅各，也希望能夠遇到那純潔可愛的盲女日特露德），忽然聽見有人用硬幣敲著我的櫃檯，不耐煩地叫著：「喂！要買東西呀！你怎麼不理人的？」

我慌張地抬起頭，在那一霎時中，我真以為自己是在做夢站在我面前的，不是日特露德是誰？我揉了揉眼睛細看一次，不對，她不是的，她有一雙亮晶晶的大眼睛（可是，日特露德後來也把眼睛醫好了呀！）。

「給我秤一斤白糖。怎麼攪的嘛？叫了半天都不理。」面前的少女瞪著大大的眼睛，嘟著嘴在發脾氣了。

「啊！對不起！剛才我沒有聽見。」我連忙轉身向後面的大缸裡舀了一紙包的白色結晶體，秤好了交給她，她把硬幣花啦花啦地丟了一把在櫃檯上，捧著紙包，昂著頭，就走出店門。

我呆呆地望著她苗條的身影發愣，卻發現她走進對面的新建樓房裡。這時，我才恍然大悟，怪不得我從來沒有看到過她，原來是昨天搬來的人家。

我重新又把《田園交響曲》打開，卻是一個字也看不下去。在我的腦海中，一直浮動著剛才那個少女的影子。那亮晶晶的大眼睛（該不是日特露德動手術後的眼睛吧？），那俏皮的小鼻子（生氣時鼻翼一張一闔的，多麼可愛！），那小巧的嘴巴（說起話來可利害得很啊！），是配合得那麼恰到好處，也符合了我的審美標準。我的思想是守舊的，我還是喜歡大眼睛、小嘴巴、瓜子臉，身材也比較纖小的女孩子；不像有些同學們專欣賞那些披頭散髮的什麼BB、CC，在我看來，那些血盆大口的外國女人，簡直是個母夜叉。

正傻想著，那少女忽然像一陣風似的又捲了進來。她噘著嘴，把我剛才秤給她的那包白糖重重地往櫃檯上一放，狠狠地瞪著我說：「你這個人怎麼攪的嘛？我跟你買白糖，你看你給了我什麼東西了？」

我打開紙包一看，不由得就滿面羞慚。那紙包裡的白色結晶體原來是鹽而不是糖，只因為兩個缸擺放在一起，剛才在匆忙中就弄錯了。

「小姐，太對不起了，我馬上給你換。」我紅著臉說了，一面就把紙包中的鹽倒回去，再換上白糖，在秤的時候我還悄悄多加了一把。

她接過紙包，不放心地檢查了一遍，嘴裡嘟囔著：「你這個人太差勁了，就只知道說對不起，害我多跑一趟不打緊，還要被媽媽罵。」然後，輕輕地搖晃著一頭烏黑的短髮，盈盈地走了。

被她奚落了幾句，不知怎的，我竟然沒有生氣，反而覺得很有趣。怪不得很多同學都喜歡去逗那些年輕的店員小姐、售票小姐，故意惹她們罵以為笑樂，原來被女孩子罵也是一件樂事。

想著，我不由得就抬頭往對門樓上望去。陽臺上碧綠的鐵欄干後面，擺了好幾盆花木，花盆後面還擺了一副籐几籐椅，窗門上也掛起白紗帘子。這人家相當不俗呀！是幹什麼的呢？除了她和她媽媽以外，還有些什麼人？向來不愛管閒事的我，忽然對她家發生起興趣來。

對了，她又是什麼身分呢？剛才我注意到她的髮梢微捲，一定是個應屆高中畢業生。根據我們的觀察，高中畢業的男生一定是馬上留頭髮，女生呢，就一定燙頭髮。從她的年紀看來，不可能是大學生，那麼一定是剛畢業的了。她考過了聯考麼？讀那一組的？第一志願是什麼？……我愈想愈多，愈想愈遠，直至有顧客上門來買東西，才打斷了我的幻想。

晚飯後，爸爸媽媽和弟弟妹妹都坐在門前納涼，我本來還躲在櫃檯後面看書的，後來實在熱得忍受不住，也就抱著我的吉他坐到門前去。這把吉他是我去年高中畢業時爸爸任我自己選擇的禮物。除了文學以外，音樂是我第二嚮往的藝術；我沒有機會去學鋼琴和小提琴，要唱歌嗓子也不大行，有一把吉他，彈幾首簡單的曲子，抒發抒發胸臆中的積鬱，不是也挺好的麼？

小巷的夜是熱鬧的，幾乎家家戶戶都坐到門前來，小孩子在嬉戲，大人在講話，吵成一片。但是，我不在乎，我生長在這裡，這種聲音我已聽了十九年，它對我只有親切和稔熟，假如一旦聽不到，我反而會感到惘然的。我坐在門前一個不被人注意的角落裡輕輕地撥動琴弦，發出幾下悅耳的聲音，然後，開始彈出我所喜歡的曲子《良夜》。輕柔妙曼的旋律驅散了炎熱，安撫了我的心靈。仰望夜空，繁星點點，銀河隱約；這時的我，靈魂彷彿遨遊在太空之上，而忘記自己是置身在塵世一條嘈雜的小巷中。

偶然，我的眼光無意中落在對門樓上，在掩映的燈影下，我發現她也在憑欄納涼。她的臉藏在陰影裡，我看不清她的表情，也不知道她是否在看我；不知怎的，我卻更加彈得起勁了。彈完了《良夜》，我再彈出了一首又一首的《小夜曲》。我也是坐在陰影中，我知道她看不到我的臉，所以，我就放膽的不時抬頭看她。她聽得好起勁喲！此刻，正把手肘靠在欄干上，托著腮在出神哩！我把全副感情都灌注在指尖上，在晚風微送中，琴音美妙得出奇，連自己都驚奇今夜何以彈得這樣好。

也不知彈了多久，我發覺樓上的燈光暗了，一個女人走到陽臺上，我聽見她對她說：「ㄧㄥㄧㄥ，時間不早了，去睡吧！」

「好的，媽，我馬上就來。」她答應的聲音我聽得很清楚。此時，我才發現小巷已漸趨寂寥，爸爸媽媽和妹妹不知何時已走進屋內，只剩下弟弟坐在我旁邊打盹。

啊！她的名字叫ㄧㄥㄧㄥ，好美！是英英，還是鶯鶯呢？美麗的ㄧㄥㄧㄥ，夜深了，去睡吧！請不要為我的琴音誤了你的香夢！我把一首尚未彈完的小夜曲中止了，又再撥動琴弦，風趣地彈出了《晚安，女士們》，然後迅速退入室內。我偷偷從櫃檯後面往上望，她猶自在陽臺上徘徊了半晌，才戀戀不捨地進屋去。

第二天我的眼光再也無法離開對面的陽臺了。攤在櫃檯上的書一個字也看不進去，眼巴巴只盯著陽臺上的紗門出神；然而，一整個上午都沒有人出現。我的日特露德啊！你到那裡去了？

中午，我一個人在櫃檯上吃飯，一邊看著報上副刊的小說，在吃與讀的樂趣中，暫時忘卻了心中的煩惱。單獨在櫃檯上吃飯，不跟家人在一起這「規矩」，還是最近才有的。我藉口要照顧生意，不使吃飯時間店面真空，向爸爸提出了這個要求，爸爸以為我對生意這樣負責，非常高興，不加思索就答應了。其實啊！我只為了圖清靜，想多得點閱讀的時間罷！

「喂！給我一瓶醬油，快點！」當我正沉迷在一篇動人的小說中時，我聽見了一陣悅耳的銀鈴聲。

我抬起頭。呀！是她！是我的日特露德，不，她是英英，或者鶯鶯，正帶著似嗔還喜的表情站在我面前。

我看著她那張無邪的臉，愣了一會兒，一時攪不清她在說些什麼。

「給——我——一——瓶——醬——油。」她一個字一個字的清晰地說完了，又改口急急地埋怨著：「你這個人怎麼攪的？一天到晚只知道看書，一點也不像個生意人，這樣還會有顧客上門嗎？」

我呆呆地用機械式的動作遞給她一瓶醬油，她塞給我一張十塊錢的鈔票。我找錢給她時，她微笑著問：「昨晚是你在彈吉他嗎？」

我脹紅著臉點了點頭。

「彈得真好聽！」她又向我嫣然一笑，然後蹦跳著回去了。

就憑她這一句話，我整個下午都感到飄飄然，陶陶然。我從來沒有喝過酒；但是，我直覺到酒後微醺那種感受一定跟我現在的愉悅一樣。

我急切地盼望黑夜趕快來臨，天一暗，我就搶先去洗澡，換過一件乾淨的、涼涼的薄衫，又抱著吉他坐在門前的角落裡。黑夜遮蔽了我的不安，人聲掩蓋了我的羞澀，我半仰望著夜空上的星星，半仰視著她的陽臺，撥動琴弦，又開始向奏出我的心聲。

果然，我才彈了兩三句，她就在陽臺出現了。她背著燈光，我看不清她的臉；不過，我可以看到她整個美麗的身影。她斜斜地倚在樓欄上，偶而仰望天上的繁星，偶而把視線投到我的方向。這，使我想到了莎翁筆下的大悲劇，她不正像露臺上的朱麗葉麼？我，有資格當羅密歐嗎？想到這，我在黑暗中臉紅了。

從那個時候起，我才開始覺得人生原來是如此美好。晚上，在涼風中，在星光下，我用琴弦向她傳出心曲；白天，我從我的櫃檯後面向她的陽臺偷窺，她有時在那裡澆花，有時在那裡看書，我只要看到她一眼，就會心滿意足。

她家的人口似乎很簡單，除了她的爸爸媽媽以外，就沒有其他的人。她不常下來買東西，家裡需用的雜貨，都是她媽媽在買菜時順便買齊，她只是偶然在臨時急需時才幫她媽媽跑腿罷！

有一回，我正在讀中英文對照的《茵夢湖》，她又來了，要買一盒洗衣粉。她翻了翻我放在櫃檯上的書，很大方地說：「你真用功！整天都在讀書。是讀外文系的麼？」

我脹紅著臉，期期艾艾地說：「不是的，我沒上大學。」

「你是那一家中學畢業的？」她又問了。

「爛學校，別提了！」我以前就讀的是出名的太保學校，我不願意給人家知道。「你呢？」我乘機問她。

「我現在已經沒有學籍了。」她頑皮地吐了吐舌頭。

「畢業了，我知道。你參加聯考了吧？是那一組的？」我說。

「丙組。」她又吐了吐舌頭，然後一溜煙走了。

這是我們第一次正式交談，也使我約略知道了她的底細；然而，不知怎的，當她的準大學生身分被證實以後，我又感到有點惘然。是自卑？還是妒忌？我自己也不清楚。一年來，我的大部分同學都變成了大學生，我從來不因自己是個「開雜貨店的」而自卑過，也從來沒有妒忌過他們；如今，我為什麼要妒忌一個陌生的女孩子呢？

陌生的女孩子？不！我們現在不能算陌生了。每夜，我為她彈琴；她來買東西時必定跟我搭訕幾句，出門的時候也往往會朝我的店裡望一望，跟我笑一笑。

事實上，自從她搬來以後，是極少出去的。我只見過她跟她媽媽上過兩三次街，有一次跟幾個女同學一同出去，此外就都是呆在家裡。這是個時下難得的好女孩呀！她的文靜，跟我不是正好合得來嗎？想著，我又覺有點飄飄然。

大專聯考放榜的那天，不知怎的，我也感到了莫名的緊張，我的緊張剛好跟一般人相反，不是怕她榜上無名而是怕她考取了。電臺一開始播報丙組名單，我就聚精會神在聽。爸爸問我，你自己又沒有參加，聽它做什麼？我振振有辭的回答，聽聽有沒有同學的名字嘛！

丙組的錄取人數不算太多，當播到園藝系的時候，我就聽到了李ㄧㄥㄧㄥ的名字，不過，我不能確定這個李ㄧㄥㄧㄥ到底是不是她。

賣號外的報童來了，我搶購了一份。把丙組的人名仔細看了一遍，並沒有什麼英英或者鶯鶯，心裡暗暗高興。後來想起了園藝系的李ㄧㄥㄧㄥ，又再查看了一下，那個名字原來是李茵茵。茵茵與ㄧㄥㄧㄥ唸起來只差一點點，那夜也許我聽錯了呢？她，愛花木，好靜，考的也是丙組，不會有這麼湊巧的事吧？

正想著，她卻從樓上下來了，春風滿面的，手裡拿著兩枚硬幣，在掌心裡搖得叮噹響。我嘗試著喊了一聲：「李小姐，恭喜啊！」

她一臉詫訝地走了過來，站在櫃檯外面。「你怎知道我姓李？」是了，我的猜想沒錯了，我的心直往下沉。

「我還知道你的名字哩！」表面上，我卻得意地把那張號外指給她看。

她笑了笑。「你真有辦法！謝謝你的恭喜！我要給同學打電話去了。」說著，輕盈地走開了。

望著她邁著輕快步伐的背影，我不禁惘然良久。

晚飯前，我看見她跟著爸爸媽媽出去。三個人都穿得整整齊齊的，是去慶祝嗎？

那夜，她家裡燈火盡滅。我抱著吉他坐在門前，有一下沒一下地胡亂撥著琴弦，竟彈不出調子，天上的星星也似黯然無光。

又過了一天，黃昏時候，我看見一部很華麗的汽車停在她家樓下，車裡坐著幾個穿得很漂亮的少年男女。其中一個女孩上了樓，不一會，就跟李茵茵一同下來。李茵茵一出現，車裡的幾個男孩就一起大吹口哨。她，在新燙的秀髮旁綴了一朵玫瑰，身上穿了一件白紗衣，高貴得像個小公主，那種逼人的青春豔麗，真把我看得目瞪口呆。

她昂著頭，嘴角帶著矜持的微笑，姿勢優雅地坐進了汽車內。當她把頭轉到我這邊的方向時，曾經有意無意地瞟了我一眼；往常，她是會向我點頭招呼的。我知道，我的美夢就要破滅了。她不是日特露德，我不是雅各；她不是朱麗葉，我也不是羅密歐；她是個一流學府的學生，我是個「開雜貨店的」；她是我的顧客，我是她的鄰居，如此而已。

她不在，我連彈琴的興趣都沒有。我拿著一本消閒小說，坐在每夜的位子上，隨便的翻閱著，後來，竟睡著了。也不知過了多久，被一陣汽車聲驚醒，睜開眼睛一看，剛好看見她正在被一個長得很帥的青年扶下汽車。汽車還是剛才那部，其他的少年男女都不見了，這車子一定是這個青年的，他有汽車，所以負責接送他們。大概是參加舞會吧？要不然她怎會那樣打扮？

在微黃的燈光下，她亭亭地站在臺階上跟那個青年道謝和話別。青年比她高出了大半個頭，我雖然看不清他的臉，但卻直覺到他的英挺瀟灑。

比起他，我算什麼呢？我不夠高，我的體格不夠棒，樣子雖然不算難看，可是距離「帥」和「英俊」還遠得很；我不會跳舞，不會玩，更不會奉承女孩子；我是只配永遠躲在雜貨店的櫃檯後孤獨地做著白日夢的啊！

我決心不再胡思亂想，找出那本一直想讀而沒有時間去讀的古文，想在艱深晦澀的辭句中把自己麻醉起來；可是，第二天上午她就來了。

「請給我兩包長壽煙。」她一進來，臉上就帶著微微羞澀而不好意思的表情，但是聲音卻是溫柔而禮貌的，自從我們「認識」以後，她買東西總會帶著一個「請」字。

我默默地遞給她兩包香煙，沒有說話。在一夜之間，她似乎長大了不少，也顯得穩重了許多。是她髮型改變了的關係，還是我的心理作用呢？我也說不出來。

「這樣熱的天氣，你整天躲在屋裡讀書，不難受嗎？為什麼不出去走走？」她看了我一眼，關懷地問。

「不難受，我喜歡這樣的生活。」我故意把聲音裝得一點感情也沒有。

「真的嗎？我真佩服你。明天我要跟幾個同學到中南部去旅行，要半個月才回來。在這半個月裡，我將聽不到你的吉他聲了。」她微微低著頭說，聲音卻是誠懇的。

「遊山玩水不是比聽我拙劣的吉他聲好得多麼？」我在話裡帶著刺。

「那也不一定！」她的臉色微微變了一下，但馬上又恢復平靜。「再見！」她向我揚一揚手，頭一次跟我說出這兩個字（當然，顧客跟賣東西的人說「再見」，不是很可笑的事嗎？）。

「再見！」我微笑著也向她擺擺手。在心底，我卻偷偷哭泣著：「我的日特露德，我的茵茵，也許我們不會再相見了，你知道嗎？」

我又在星光下彈奏著我的吉他。

她今天早上走了，來接她的還是那部汽車和那些人，當然還包括那個很帥的青年在內。她走了，要半個月才回來，那時，我也要入營服兵役，等到我退伍歸來，那時的世事，誰能逆料？我為何不趁早收拾起我的煩惱呢？

夜涼如水，天空有無數大大小小的星斗在閃耀著。我起初只是百無聊賴地隨意輕撥著琴弦，後來，大概是胸臆中滿溢的悲哀都沁到指尖了，我的手指竟不自覺地彈出了那首最悲哀的《夏日最後的玫瑰》。啊！我那份最純潔的、未表白的、永遠不會有人知道的戀情，不是就像夏日最後的玫瑰般無言地枯萎了嗎？

淚水盈滿在我的眼眶裡，我抬頭看了看她家的陽臺一眼，窗內燈光已滅，她的父母想是已經歸寢，只有陽臺上的花木在夜風中搖曳。

夜空中，星星更明亮了。由於它們的明亮，我就更感到高不可攀。忽然間，我透澈地恍然大悟了，她不正是天上的星星嗎？不管她是日特露德，是朱麗葉，是李茵茵都好，對我都是只可仰視而不可摘取的。我妄想什麼？癡想什麼？還是專心一志在自己的神壇上供奉文藝女神繆思吧！

賣雜貨的人呀！你不是希望有一天想變成文豪的嗎？還是乖乖地待在那「黑暗的墳墓」中算了，在那裡，你才可以找到你的安慰，你的樂趣！

擇婿記

雪玲把她那雙三吋黑漆皮高跟皮鞋踢落在玄關上，一雙腳才踏上我家客廳的地板，就大聲嚷：「樂真，明天晚上到我家去吃飯，不過可要打扮得漂亮一點啊！」

我欹坐在一張沙發上，幾乎連眼皮也沒有抬，懶洋洋地問：「怎麼？又要給我介紹男朋友？」

「對呀！給你猜對了。」她坐在我對面的一隻矮凳上說。「你別這副吊兒郎當勁兒好不好？哼！又是一件格子襯衫一條西裝褲，頭髮不梳，口紅不擦，眼睛像睜不開似的，完全一幅太妹的樣子。我告訴你，你已經不是太妹的年齡了，可要變成老太妹啦！」

「老太妹不是更好嗎？」我閉起眼睛仰著頭，把兩腳往沙發上一縮，用雙手抱著膝蓋，故意逗她。

「唉！你這個人到底是怎麼搞的？本來挺好看的一個人，卻偏要打扮成這副怪樣子。其實，我們都認為你簡直是有資格去競選中國小姐的，假使——」

「假使我去把鼻樑墊高，假使我的皮膚白嫩一點是不是？」我打斷了她的話。

「我不跟你胡扯了，我要講正經事。明天我要給你介紹一位從美國回來的博士。樂真，要是成功的話，結了婚你就可以跟他到美國去，這是個好機會，我希望你不要錯過。」

「博士？是不是四五十歲的老傢伙？」

「不是，他並不老，才不過三十多。」

「長相呢？」

「也不難看。我不會形容，你明天自己看吧！」

「他不是那種擦了半吋厚的頭臘，穿紅色襪子之流吧？雪玲，假如是的話，就免談啦！」

「樂真，你這個人真怪！你做老太妹不夠，難道真的想當老處女？也不想想自己幾歲了？」

「二十七，」我接了上去。「還有一個半月就過生日了。」

「以前給你介紹的幾個，不是嫌人家鑲了隻金牙，就是嫌人家的領帶花色粗劣，這個說俗氣，那個個也說俗氣，真不知什麼樣的人才合你的意思。要不是看在老同學份上，我才不給你介紹哩！」

「不介紹更好，省得麻煩。」

「我跟你講，這一次要是你再吹毛求疵的，我就真的不再介紹了。明天你不好好打扮的話，我就跟你絕交。現在我得去接小玲了，你明天晚上早點來。」雪玲站起來說。

望著雪玲婀娜的背影，我不禁地聳聳肩攤開雙手苦笑了一下。人家女兒都上幼稚園了，我還是個老太妹，難道這一番真非跟博士出洋不可了嗎？

＊　＊

坐了半天美容院，做好頭髮修了指甲，回到家裡被媽按著替我抹粉描眉，然後又如儀的穿上緊身旗袍挽起皮包。我對著鏡中頗為豔麗的自己吐吐舌頭裝個鬼臉，也穿上一雙三吋的黑漆皮高跟鞋，就匆匆的坐上一部三輪車往雪玲家去。

我去得相當早，因為我不願意被人指指點點的談論，雪玲愛饒舌，我知道她一定會事先把她做「媒」的事告訴其他賓客的。然而，當我到達時，她的客廳上已坐滿了人。她的丈夫姓沈，是個貿易商，他們的經濟情形很好，一間大客廳布置得挺夠體面的。一部廿三吋的電視機靠著當中那面牆擺著，此刻正播放著流行歌的節目，一個梳著鳥巢頭的少女一面搖擺著臀部一面張大著嘴巴唱歌。由於大家都忙著看電視，所以我得以免於被人評頭品足。

雪玲把我一一介紹給客人，其中有一半上是我不認識的。五、六個新朋友都介紹過了，她還沒有把博士「亮」出來。我心中很納悶：難道他還沒有來？遲來就表示他對這件事並不看重，而我卻這樣隆重其事，豈非自貶身價了嗎?當我正在微微有點動怒時，雪玲偷偷的扯了我一把，這時，我發現我們正站在一個瘦小的戴眼鏡的男人面前。

「金博士，這位是李小姐，是我在中學時的同學，還是位畫家哪！」雪玲給我們介紹著說。那位博士慌忙從沙發上站起來。天喲!他還沒有我和雪玲高!他謙恭地伸出一隻細小的手和我相握。「久仰!久仰!李小姐。」哎唷!他握手可真握得重，我的手都痛了。

「樂真，金博士剛剛從新大陸回來，你不是很喜歡旅行的嗎?讓金博士講點美國風光給你聽吧!」雪玲向我眨了眨眼說。金博士旁邊有一個空位子，雪玲把我按了下去，就走開去招呼別的客人。

金博士的一雙三角眼從眼鏡後面把我從頭到腳的打量著，乾癟的臉上露出了滿意的笑容。他看看我，又看看電視機，不知道是要將我和那些歌星們作比較呢?還是既想看我又想看唱歌?

「嘿嘿!李小姐喜歡聽唱歌嗎?」他搓著手說。

「你指的是這種流行歌嗎?」我故意的問。

「是呀!是呀!你喜歡聽嗎?」

「我平常不大聽的。」我忍耐著，婉轉地回答。假如不是為了禮貌，我一定會說：「噁心透了，誰要聽嘛?」

「那太可惜了！什麼時候我帶李小姐到歌廳去欣賞。」他的眼睛還在忙著，一會兒看我，一會兒看電視幕上的歌女。

「金博士不是才回國嗎，怎麼對臺北這麼熟呢？」我說。

「這個嘛！嘿嘿嘿！」他搓著手說不出話來，直在傻笑。

我正想乘機走開時，雪玲走出來請大家入席。她把金博士請到上座去，並且把我硬塞在他的旁邊，使我也沾光變成了上賓。

鍍過金的招牌到底是有它的身價的，賓客們都搶著向他也向我敬酒。這時，我發現桌子的對面瞟過來一雙嘲弄的眼色。這個人我在入席時就注意到了：面貌端正，身材中等，服裝也很整齊，是個沒有什麼特徵可是也沒有什麼缺點的男人。我注意他是因為他特別沉默，不跟人家說話，也不敬酒，似乎相當自大。

我有點不安，也有點惱怒，我跟他並不相識——剛才雪玲介紹他時我根本沒有在聽——，他憑什麼要嘲笑我呢？客人們不斷地向我敬酒，博士不斷向我獻慇懃，替我挾菜；大家談著笑著，每個人都是那麼愉快，惟有我卻如坐針氈。那雙嘲弄的眼色像X光一般透視到我的內心去，那使得我有著被脫光了衣服的感覺。

我不知道是怎麼樣坐到終席的。當佣人一遞上毛巾時，我就走到雪玲身邊說：「雪玲，我想回去了。」

雪玲瞪大了眼睛，一臉不高興地望著我說：「你是怎麼搞的嘛？等一下還有節目哩！」

「我不大舒服。」我用手扶著額說。

「剛才還好好的，怎麼會？」雪玲疑惑地說。「不管怎麼樣，你先坐下來，等喝過咖啡，我叫人送你回去。」說著，她有事走開了，金博士及時地走過來把我帶到客廳去。無可奈地我又只好坐了下來。

現在電視上播的是平劇。金博士的興趣真廣，他一面聽一面用右手的四隻手指輕輕拍著左手的掌心在打著拍子，同時又不忘記隨時轉過頭來向我裂嘴微笑。

那個不說話的人坐在一個角落裡面向著我們；雖然客廳的燈光因為電視而轉暗，以至我看不到他的臉，但是我仍然感到有兩道嘲弄的眼色從那裡射出。

咖啡送來了，我勉強呷了一口就站起來去找雪玲，告訴她我要走。雪玲恨恨地望著我，小聲的說：「你當心我跟你絕交。」

「諒你也不敢！」我向她做了個鬼臉。

她握著我的手臂，把我當犯人似地押到金博士的面前，說：「金博士，李小姐有點不舒服，麻煩你替我送她回家好嗎？」

「當然！當然！」他慌慌張張地站了起來，留戀地望了電視機一眼才對我說：「現在就走嗎？」

我點點頭，去跟雪玲的丈夫道了別，就走在他的前面走了出去。

「李小姐家住在那裡？」走出大門後金博士這樣問。

我把地址告訴了他。

他叫了一部停在附近的三輪車，先扶我上去，然後自己坐上來。他個子很小，可是在車上卻把我擠得幾乎無地容身。

「李小姐家裡有什麼人？」車子一開始走動他就問了。

「父親和母親。」

「父親是做什麼的？」

「公務員。」

「我聽沈太太說你是個畫家。」

「那是她吹牛，我只不過是個美術系的畢業生罷了！」

「沈太太已經把我的一切告訴了你吧？」他轉過頭來看著我，諂笑著說。

「沒有呀！她為什麼要告訴我呢？」我卻板著臉。

「那麼，我自己告訴你吧！」他顯然並沒有注意到我的表情，仍然興致勃勃地說下去：

「我在美國一家電器廠擔任工程師的工作，待遇很不錯，銀行裡也有點存款。我在美國十年了，在那邊生活得還舒服，美中不足的是，討不到老婆，看不到平劇，吃不到真正的家鄉風味。嘿嘿嘿！這次回來，就是——」

說到這裡，他停了下來，等候我的反應。

我把臉繃得緊緊的，眼睛望著前面。

他突然執著我一雙手說：「想不到你這麼大的人還怕羞，怎麼樣，你願意跟我到美國去嗎？」

我把手掙脫，回過頭來狠狠地望著他說：「我不知道你在說些什麼？」

「咦！那就怪了！沈太太不是說過要把你介紹給我的嗎？」他的瘦臉脹得通紅，三角眼瞪得像牛眼。

「你還是回家去照照鏡子吧！沈家的阿珠說不定會跟你到美國去。」我喜歡促狹的頑皮勁兒又起了，想到雪玲家那個又矮又胖的金牙下女，不禁笑了起來。

「阿珠？阿珠是誰？」他歪著頭說。

「你叫沈太太給你介紹就是。」

「不，我不要阿珠，我喜歡你。李小姐，答應嫁給我吧！我們明天就結婚去！」他一隻手又握著我的手，另外一隻居然環繞到我的腰上。

我用指甲狠狠地在他圍在我腰上的手背掐了一下，疼得他失聲叫了起來，兩隻手也一起縮了回去。

三輪車夫掉轉頭來看看發生了什麼事，我乘機叫他停車，在博士還沒有來得及阻止時，我已跳下車去。

在街燈的掩映下，博士的臉一陣青一陣白的，那副張口結舌的樣子，叫人看了又可憐又可笑。我揚著手大聲對他說：「金博士，我到了，謝謝你送我回來。我提醒你一句：下次送小姐回家時，不要忘記戴一雙手套啊！」

「你——你——你——」他氣得說不出話來，只是用手指著我。

我跳上另外一部三輪車，不再理他。

＊　＊

我知道雪玲一定會來興問罪之師的。第二天，我不得不躲到外面去。如果說雪玲是我中學時代最要好的同學，那麼，我在大學裡最要好的同學就是范光了。我們系裡連我一共只有三個女生，另外那兩個都是斯斯文文嬌嬌滴滴的小姐，她們看不慣我的粗線條作風，不大跟我談得來，因此，我只好和男生們一塊了。范光和我在小學時就同過學，我們同樣是不拘小節、討厭虛偽、討厭傳統、喜歡開玩笑的人，在學校裡我們兩個人簡直無「惡」不作，和他在一起，我根本忘記了自己是個女孩子，而他呢，也從來不把我當作一位小姐看待。

畢業後，我呆在家裡看小說、聽唱片，聽著別人介紹我是「畫家」；他在一家私立中學當美術老師。平時他練畫練得很勤；只是，他的畫太怪了，怪得沒有人看得懂，因此，反而沒有人稱他是畫家。不過，他對這是不在乎的，世俗的榮譽在他算不了什麼。

由於我們談得來，我們一直來往著。說「來往」是不大妥當的，因為一向幾乎是只有我「往」而他不「來」。關於這，我也不在乎，我知道他忙，也知道他怕人說他「高攀」，雖則爸爸也只不過是個小小的局長，但在驕傲的他看來仍是和他「不平等」的。遇到有什麼煩惱或者有趣的事我都會去告訴他，他往往一面作畫一面調侃我，三言兩語就把我逗得哈哈大笑起來。

今天，我又推開了他的房門。他，正站在窗作畫，身上那件破襯衫和舊咔嘰褲都沾滿了顏料。看見我進來，他只抬頭向我笑一笑，又繼續去塗抹了。我站到他身邊，看見他的畫布上塗滿了藍灰黑混合起來的底色，現在他正在這黑暗的底色上塗上一顆顆鮮紅、橙黃、金黃、淺紫和淡綠的小圓點，顆顆都發射出星狀的光芒。

「這是什麼？」我問他。「猜猜看。」

「是黑夜裡的燈光？春天裡的花朵？」

「不對，不過也差不了多少，是黑暗中的希望。」說著，他看了我一眼，我發現他眼裡有一種堅毅的神色，那是以前所看不見的。

「怎麼？你有了好消息？或者有了新的發現？」我用一隻手搭著他的肩膀。他很瘦，肩胛上全是尖尖的骨頭。

「你有香煙沒有？」他說。

我打開皮包，取出一根香煙點著了放進他嘴裡，然後自己也點了一根。

他深深吸了一口煙，把煙捲叨在嘴唇上，瞇著眼睛說：「沒有！什麼也沒有！我只是在想：我應該不會一輩子在這間房間裡畫這些沒有人要的畫吧？」他的聲調有點淒涼。

「喂！范光，你怎麼忽然悲觀起來了？你不是說過這間小房間將來會有一天會被改建成范光紀念館的嗎？」我大聲的說。

「啊！對了，我說過的。這裡是范光紀念館，那麼你的李樂真紀念館呢？」他把畫筆一丟，大笑著用他沾滿顏料的手拉我去坐在他的床邊。

我雙手一攤說：「我早就放棄了，我沒有天才，現在只剩下嫁人一條路了。」

「找到了婆家沒有？」他關切地問，像個大哥哥似的。

「沒有，全部高不成低不就。昨天，我才摔了一位博士。」

「怎麼摔的？你既不懂柔道，又不懂摔角。」

「用這個法子。」我用指甲輕輕在他手背一掐。

「太狠了！太狠了！」他連連搖著頭，並且把手縮到背後去。

於是，我把金博士的樣子形容給他聽，又把金博士的每一句話都轉述出來，直把他笑得捧住肚子淌眼淚。

「好呀！李樂真，你這樣狠，當心將來遇到個兇丈夫啊！」他一面笑一面說。

「放心！我這一輩子老處女當定了！我用不著怕誰的。」

＊　＊

第一天我躲過了雪玲，第二天卻被她抓著了。她的臉色好難看啊！我不由得為自己的惡作劇有點內疚起來。

「樂真，你夠狠！你夠厲害！可是，你有沒有想到我這個中間人多麼難做？」她的手指幾乎指到了我的鼻尖。

「誰叫他不老實嘛？」表面上，我還在替自己辯護著。

「不老實也不必那樣狠嘛！人家的手背都破了皮發炎了。」

「活該！」我心裡在暗暗發笑。

「樂真，我真拿你沒有辦法，本來說過要跟你絕交的了，可是——」雪玲嘆了一口氣說。

「可是什麼？」我白了他一眼。

「可是結果又來找你。」

「為什麼？捨不得？」

「誰捨不得你？只是你這個小妖精太迷人了，又有人要我給他介紹，所以我不得不又再來求你。」

「雪玲，我不來了，我發誓不去被人挑來挑去。我要當尼姑、修女。」

「樂真，我求求你，這個人是我先生的好朋友，人很好，絕對不會像金博士那樣的。我先不說出他是誰，到時你若不滿意，彼此也不會尷尬，你說這樣好不好？」

我覺得她的建議還新鮮有趣，就不置可否的說：「隨你擺佈吧！我簡直變成一隻被人耍的猴子啦！」

＊　＊

今夜雪玲邀請的客人連我一共只有三個。出乎意外的其中一個就是那晚一直投給我嘲弄眼光的人，他的出現使我大為不安；另外一個則是油頭粉臉的青年。雪玲給我介紹說前者名叫施建謀，是一家私立銀行的襄理；後者名叫汪大慶，在美軍顧問團裡任通譯。在介紹時雪玲完全沒有給我任何暗示，以致我沒有辦法知道這兩個人之中誰是我追求者。我心裡暗暗在想：我這番和雪玲的友情一定完蛋了，對姓施的我是「餘恨未消」，對那個姓汪的更是毫無好感，無論她要介紹誰給我都不會接受的。

這一頓飯因為人少吃得比較隨便，很快就結束了。飯後雪玲的丈夫提議玩橋牌，不等客人同意，他就作了主：他夫婦一對，我和汪大慶一對。

「老施，你不會玩，就作壁上觀吧！」最後，他對始終坐在一旁很少發言的施建謀說。施建謀點點頭，微微一笑，沒說什麼。

我心裡暗暗叫苦，看來雪玲是要把汪大慶介紹給我了。雖然他在洋機關做事，錢賺得多，但是他那副娘娘腔就夠倒足我的胃口，我是寧願去當尼姑也不會嫁給這個人的。

汪大慶慇懃地拉椅子讓我坐下，然後他坐到我對面去，我卻板著臉，連正眼也沒瞧他一下。施建謀仍然像前次一樣，坐在一個角落裡遠遠地望著我；雖則他今次的眼光並沒有嘲弄的意味，但是仍然看得我心慌意亂。我屢屢叫錯了牌，第一盤我們這一對就輸得一場糊塗。

我無心再玩下去，我站起來說：「雪玲，我還有事，要早點回去，不陪你們玩了。」

「你花樣真多！一會兒頭痛，一會兒有事的。好吧！反正也留不住，你就回去吧！誰替我送小姐回去呀？」雪玲怪聲怪氣叫著。

在我還沒有來得及開口拒絕，在汪大慶正在嘻皮笑臉的想說什麼時，施建謀突然用堅定而洪亮的響音說：「讓我來送。」說著，他就站起身來到我身邊。他很高，比我那竹竿似的老同學范光還要高，卻是並不瘦，一套合身的西裝穿在他身上非常挺括。

他這突然的舉動使我震驚，我愕然地望著他，也望著雪玲。雪玲好像看透了我的心事似的，狡獪地笑著說：「施先生願意當你的護花使著，你還不趕快謝他？」

討厭！到底葫蘆裡賣的什麼藥嘛？我真想掉頭而去，但是，為了禮貌，我又不得不敷衍兩句：「謝謝你，施先生，我可以自己回去的。」

「我送你好了，反正我也要回去。」這個可憎的人原來有著相當溫文的笑容。

「人家施先生有車子。」雪玲旁邊補充著。

哦！原來是有車階級！只不知是三輪車呢還是小汽車？他沒有自己說出來，倒還不算是個輕浮之輩。

門口停著一部摩托車。簡直是怪事！一個文質彬彬的人喜歡騎這個玩意兒！施建謀禮貌地請我坐到後座去，平生第一次被人載在這種車子上，雖然有點緊張，但倒是很夠刺激的。

他問了我的地址後，一路上都是專心駕駛，沒有跟我講過話。到了門口，我跳下車來，向他道謝並且告別。他溫柔地望著我說：「李小姐，以後我可以拜訪你嗎？」

我考慮了幾秒鐘，然然微微點著頭說：「當然！」我覺得我這兩個字用得很得體。因為拒絕一個禮貌周到的新朋友是很失禮的，如果說「歡迎你來」又似乎太親熱了一點。

他開心地笑了笑，舉手向我一揚，然後發動車子，絕塵而去，望著他騎在車上直挺挺的背影，我忽然忘記了他的可憎之處——老是坐在角落中盯著我。

走進屋裡，我立刻打電話給雪玲。她在電話中聽到我的聲音，還沒有說話，立刻就咯咯地笑個不停。

「笑什麼嘛？死相！你今天晚上到底弄什麼把戲？」我生氣地說。

「你先告訴我，那一個好？」她把聲音壓低，顯然是她家裡還有客人。

「都不好！」我大聲說。

「你不要違背著良心說話啊！」她再度把聲音放輕說：「他很有紳士的風度吧？也很帥！對不對？」

「你到底在說誰？」

「別裝蒜啦！就是送你回家的那位呀！」她小聲的說完，就大聲地笑了起來。

我以為施建謀會在第二天打電話來約我出去，但是他沒有，第三天第四天也沒有，我已幾乎把他忘記了。一直到第五天，正好是週末，吃過晚飯，我準備出去看電影時，他卻不速而至。

我帶點意外地接待著他，並且把他介紹給爸爸媽媽。從爸爸媽媽的眼色中，我發現他們對他彬彬有禮的態度都很有好感。坐了一會兒，他問我說：「出去走走好嗎？」

「好吧！」反正我正無聊得發慌，就隨口答應了。

他仍然把我安置在他摩托車的後座，只向我說了一聲：「我們喝茶去。」並沒有徵求我的同意，就風馳電駛地往前衝。

他把我載到淡水河邊的露天茶座去。嚇！鴛鴦座上坐著一對對青年男女，都在卿卿我我的。他怎麼會想到帶我到這種地方來？難道他又是一個金博士，第二次見面就向我求婚？我打定主意：假如他要我和他坐鴛鴦椅，我拂袖便走；現在且看他要什麼花樣？

還好，他到底沒有失去應有的紳士風度，並沒有要我去坐鴛鴦椅。我們對坐在靠近河岸一副座頭上，河水在腳下潺潺流過，涼風從河面吹來，在暮色蒼茫裡，環境倒是挺清幽的。茶房送上兩盞清茶和一碟瓜子一碟糖果，但是他立刻就叫他把瓜子和糖果拿走。

「吃瓜子最不衛生了，那些糖果看著也是髒兮兮的。不要為妙。」他向我解釋著。

小腿上一陣癢，我用手一抓，手上黏黏的，拿起來一看，是隻帶血的死蚊子。耳朵邊嗡嗡在響，我把頭一搖，兩隻蚊子飛到我的鼻子上來了。我手忙腳亂的趕著蚊子，他卻好整以暇的在呷著茶，一雙銳利的眼睛在默默地注視著我，似乎一點也沒有發覺我的困惱。

我心裡很氣，可是又不便發作，更不便站起來就走，只有呆呆地望著在黑暗中閃著微光的河水，暗暗在埋怨雪玲多事。

「李小姐，沈太太沒有把我的情形向你介紹過？」他忽然打破了沉默。

「沒有呀！她為什麼要向我說呢？」我不解地睜大的眼睛。果然又是一個金博士，我想。

「那麼，讓我來介紹自己好不好？至於李小姐方面，我倒是知道得很清楚了。」他喝了一口茶，清了清喉嚨，一雙炯炯的眼睛仍然注視著我。「我是福建人，單身一個人在這裡。經濟系畢業，現在在一家銀行當襄理，每個月的收入還不錯，銀行裡也有點存款……」

他說到這裡我忍不住噗哧地笑了起來：「你對我講道些幹嗎？像背自傳似的，我又不要調查你的身世。」

「你不喜歡聽這些，那麼我講點別方面的。我現在一個人住在公家的宿舍裡，吃的是包飯。我的嗜好是下棋、釣魚、看武俠小說、聽音樂……」

乖乖，除了音樂，跟我完全志不同道不合。「你喜歡聽那一種的音樂？」我截住了他的話。

「幾乎所有的音樂都喜歡：熱門音樂、輕音樂、國樂、流行歌曲、黃梅調我全喜歡。」他興高采烈地說。「李小姐你呢？」

「我全不喜歡！」我面無表情地說。一雙手又在忙著去趕臉上和腳上的蚊子。

「李小姐的嗜好是什麼？」

「睡覺！」

「那裡的話，李小姐開玩笑。」

一個賣獎券的小女孩走到他身邊，塞給他一張獎券。他臉色一變，惡狠狠就把小女孩推開。「走開！走開！少囉嗦！」

小女孩哭喪著臉想要走開，我卻把她喊住：「小妹妹，來，我買一張。」

「謝謝小姐！」小女孩千恩萬謝的接過了錢，得意地瞪他一眼，然後歡天喜地的走了。

「你——你——」他氣得臉色發青，用手指著我說不出話來。

「沒什麼，我只是盡我的一點能力去幫助一個可憐的孩子就是。」我聳聳肩說。

在黯淡的燈光下，我望著他那梳得光溜溜的頭髮，因為生氣而繃得緊緊的白淨的臉以及一身筆挺的西服，惡作劇的心又起。人心是多麼難測呀！在美好的軀殼內，一個人的靈魂居然會這麼醜惡，像這個坐在我對面衣冠楚楚的紳士，哼！

我挽起手提包，四面張望了一下。

「你要走了？」他立刻緊張起來。

「不，我馬上就回來，你別走開。」我說。

他明白了我的意思，說：「你知道在那裡嗎？」

「我可以去問茶房。」說著，我投給他一個甜甜的笑，就往出口處走。

我知道黑暗會把我從他的視線中掩蔽起來的，我一口氣走到馬路上，立刻跳上一部三輛車。

* *

我輕輕地推開范光的房門——他在家的時候，房門從不下鍵的。暮春的天氣已有點燠熱了，他正穿著汗背心和短褲斜倚在床上看書。也許是他看得太入迷了，我開門時他竟然沒有發覺到，直至我走到他床口，他才嚇得跳了起來。

「啊！樂真，不，你先出去，讓我穿上外衣。」他手忙腳亂地抓起床上那張汙黑的棉被直往身上蓋，那副狼狽相令我笑彎了腰。

「有什麼關係嘛？看你怕成這個樣子，簡直變成個大姑娘了。」我笑個不停的說。

「我這樣太沒有禮貌了，請你出去一秒鐘好不好？」他哀求著。

「看你可憐！我背轉身一秒鐘，限你在一秒鐘內穿好。」我說著，離開了床口，走到窗前去站著，等我轉回身去時，他已把一件又髒又皺的香港衫和一條舊咔嘰褲穿上。

他一面扣著上衣的鈕扣，一面定睛的看著我，眼裡發射著一種奇異的光芒。

「怎麼樣？范光，你不認識我了嗎？」我問。

「樂真，今夜我才發現你是個這麼美的女孩子。」他一臉讚嘆的神色。

「為什麼？我今夜有什麼不同嗎？」

「當然不同！以前你來我這裡總是穿著寬大的襯衫和西褲，臉上也沒有化妝，就像個男孩子似的；可是現在，你穿著這身淺紫色的衣裙多美！樂真，什麼時候我替你畫一張像好不好？」

「好是好，不過，以後我也許不再打扮了。」我嘆了一口氣。

「為什麼？」

「今天我又摔了一個男朋友了，這個銀行裏理是個小器鬼。」說到這裡，我大笑起來。

「他現在還在淡水河邊的露天茶座等我，我騙他說我要上洗手間，罰他在那裡餵蚊子。啊！那邊蚊子真多！夠他受的。」

「樂真，你真要命！男人遇到你就倒霉！」范光坐在床沿上微笑著，他的眼睛仍然注視著我，露出迷惑的神色。

「不一定，假如我喜歡那個男人的話，我不會作弄他的。」我走到他的身旁坐下。

「你是怎樣認識這個人的？」他轉過頭來來問。

「也是雪玲介紹的。」

「這次她一定氣壞，又要和你絕交了。」他笑著說。

「這次我不怕她。」

「為什麼？」

「因為我不再需要她介紹男朋友了。」

「你已經有了對象？」

「嗯！」

「是誰？」

我把頭靠在他瘦削多骨的肩上，雙手攬著他一隻手臂說：「范光，我已打定主意了，我要嫁給你。」

他的身體在微微抖動，聲音也是發顫的。「樂真，你是不是喝了酒？」我仰起頭從他的肩膀往上望著他的側臉，他卻低垂著眼皮，看也不敢看我一眼。

「沒有呀！我一滴酒都沒有喝。」我的頭仍然靠在他的肩上。

「樂真，我——我配不起你。」

「你愛不愛我？」

「樂真，我只是個窮教員，我唯一的本領就是會畫一些沒有人看得懂也沒有人欣賞的畫。我從來不曾夢想到一個像你這樣的闊小姐會看上我，你不是在開我玩笑吧？」他說到最後一句時，偷偷看了我一眼，我發覺他滿頭滿臉在冒汗，我摟住的那隻臂膀也是濕黏黏的。

「誰跟你開玩笑嘛？我要你正面回答我。」我把他摟得更緊。

「樂真，我不知道怎樣說才好。我一向是很喜歡你的，我們本來就是好朋友，是不是？」

「誰跟你好朋友，你到底愛不愛我嘛？快點說呀！」我死命的搖撼著他。

「我說！我說！可是你快放手呀！熱死了！」他叫了起來。

我放開他，用手帕把手上的汗漬擦掉，然後又把它當作扇子在搧著風。

「對不起！樂真，我連一把電風扇都沒有，扇子又還沒有買。」

「別亂以他語，我在等著你回答。」我霍地立身來站在他的對面，手叉著腰，蹲下身去和他臉對著臉的定睛看著他，直到他忍不住笑了起來為止。

「你這個頑皮鬼！」他笑著就伸出手來在我的腰上哈癢，像我們以前在小學時一樣。

我把身子一閃，不小心就跌倒在他的懷裡，然後又從他的懷裡滾到他的床上。當我翻過身子想要起來向他反攻時，他卻撲到我的身上。同時把兩片灼熱的嘴唇壓上了我的嘴唇。

我閉著眼睛，在黑暗中看見了無數彩色的小星星，就像他所畫的那幅「黑暗中的希望」裡的紅紅綠綠的小圓點一樣。

民國五十三年《國際畫報》

夜燭

快走到李老師宿舍的門口時，我扯了扯娟娟的袖子說：「等一下你開口啊！要不，我哭起來怎麼辦？」

「我不管！是大家公推你來的！」

「你怎麼可以不管？你是級長呀！」

「級長又怎麼樣？誰比得上你？你是李老師的乾女兒、得意高足、入室弟子，最重要的是，你是未來的女作家！」

「死相！」我笑著搥她。

「你看，笑得多開心！承認了吧？」

「不，我的好娟娟，我求求你，你可不能把全副任務推在我身上啊！我們一人說一句好不好？」

「好吧！一人一句，就像說相聲一樣。」

走進那間陰沉沉的單身教員宿舍裡，在甬道上黯淡的光線中我們數著一間間門牌，一、三、五、七、九……十三。對了，十三號，也就是最末尾的一間。我記得李老師告訴過我們，他是新來的教員，本來配不到宿舍的，只因為這間十三號沒有人肯住，所以，他這個不迷信的人就沾光了。

我和娟娟都不曾來過，兩個人站在門口半天，心中忐忑不安，誰也沒有勇氣敲門。後來，娟娟忍不住了，說：「敲門呀！你敲門，我就先開口；要是我敲門呢，你就得先講話了。」實在被她逼得沒有辦法，我只好舉起手在門上敲了兩下。我的手是顫抖的，我的心也在顫抖。

「誰呀！請進來！」是李老師的聲音。

我和娟娟彼此望了一眼。她機警而迅速地把門推開，立刻就退到我的身後，使得我不得不先走進去。房間裡光線很亮，和甬道上的陰沉完全不同。李老師正坐在窗前寫東西，聽見開門的聲音，就轉過頭來。

「李老師！」我和娟娟一起向他鞠了一躬。

「啊！是蕙蕙和娟娟！稀客！稀客！你們請坐。」李老師連忙站起身來張羅著找椅子給我們坐。屋子裡很亂，箱子雜物亂七八糟地堆放著，是一副出門的樣子。

娟娟不住用手在我背後捅我。

我說：「李老師，您別忙，我們馬上就要走了。」

「不管怎麼樣，你們來了就是我的客人，我這個做主人的就有招呼你們坐的義務。對不對？哪！這兩張椅子是乾淨的，你們坐吧！我行李才理了一半，亂得很。」

我和娟娟都羞羞澀澀地在椅子的邊緣上坐下。李老師坐到他原來的位置上，微笑地看著我們。

娟娟用譴責的目光望著我。

「李老師——」我低頭望著拿在手中的窄長紙包。

「有什麼事嗎？蕙蕙。」李老師的聲音溫柔得出奇，黑眼鏡後面的目光放射出慈祥的光輝。

「李老師——」我開始哽咽了。

「李老師，」娟娟狠狠地盯了我一眼，接了下去：「我們全班同學派我和蕙蕙兩個人做代表來向您送行，祝您一路順風。這裡，有兩枝毛筆——」她說到這裡又瞪了我一眼。

我連忙把窄長的紙包雙手捧到李老師面前。「是我們全班同學送給您的微禮。」

「請您收下。」娟娟說了我的下一句。

「它代表著我們對您的懷念。」我又接了下去。想不到，這次的對口相聲倒很成功。

「啊！你們太使我感動了！你們——，我該怎麼說才好呢？」李老師變得口吃起來了。想不到，一向談笑風生的他也有說不出話的時候。他的眼睛在眼鏡後面用力一眨一眨的，是不是也想哭呢？

「李老師，請您看看這兩枝毛筆合不合您用。我們已經跟店員說好，不合用要拿回去換的。」娟娟說。她真像個小大人，說話做事老是那麼有條有理的。

「好，我看看。你們想得太周到了。」李老師又變得愉快了。他打開紙包，又打開那兩個窄長的錦盒，把裡面的兩枝毛筆拿出來端詳著。「七紫三羊，極品鷄狼毫。好極了！這正是我所愛用的兩種。筆桿裝潢得這樣漂亮，恐怕很貴吧？」

「我們是羅漢請觀音，不貴。」娟娟伶巧地說。

「很好！很好！」李老師把兩枝毛筆都從筆套中抽了出來，用筆鋒在手上試著，又喃喃地說：「好得很！謝謝你們啊！將來，我到了巴拿馬，每次要寫毛筆字的時候就會想起你們這群好孩子了。讓我想想看，有什麼東西可以請你們吃的？」李老師的一隻食指點在人中上，側著頭沉思片刻。「啊！有了！有了！」說著，他把毛筆放在書桌上，站了起來，走到屋角去不曉得在找什麼東西。

就在他走開的時候，書桌上面牆壁懸掛著的一幅國畫吸引了我。我走過去細看，那是一幅仕女圖。畫中人是一個梳長辮穿著旗袍的少女。她坐在桌旁，垂首低眉，一手支頤，若有所思。桌子上有一枝蠟燭，已燃燒得剩下半截，燭淚斑斑，滴滿了燭臺。整幅畫已經發黃，還有一些被蠹魚蛀蝕過的小孔。畫的左上角題了兩行簪花小楷：「思君如夜燭，垂淚到鷄鳴」；上款是渭生存念，下款是玉娥手筆。渭生是李老師的名字，送畫給他的人是誰呢？玉娥，像是女孩的名字，對他那麼親熱地稱呼，關係當然很密切囉！啊！「思君如夜燭，垂淚到鷄鳴」，多麼纏綿！多麼傷感！又多夠羅克曼蒂！

娟娟也走過來了，她整個人都靠在我的身上，頭碰著我的頭。

「一定是老師的愛人送的。聽說老師還沒有結婚哩！」她咬著我的耳朵說。

「我也這樣想。這個畫中人很美，是不是？」

「嗯！美得很！」

「你們在看什麼呀？」李老師不知道在什麼時候站到我們背後來了。我們都嚇了一跳。連忙回到自己原來坐的位子上。

「蕙蕙說這幅畫很美。李老師，是誰送給您的呢？」死丫頭娟娟又扯到我的身上來。

「哦！那是我一個老朋友畫了送我的，來，你們來吃落花生。這些落花生還是從金門帶回來的，是一個朋友送的，我一直捨不得吃，放了好久了，還好，沒有壞。」李老師一面說著一面抓給我們每人一大把落花生。

落花生的殼上都長了一層淡綠色的霉了，打開它，幸虧裡面的仁還是好好的，放進嘴裡一嚼，味道很甘美，比臺灣出產的好得多。

我們剝著落花生，暫時都沉默著；但是，娟娟和我的眼睛仍然離不開那幅畫。

「李老師，畫裡那兩句詩『思君如夜燭，垂淚到鷄鳴』也是畫畫的人做的嗎？」我問。不知怎的，我對這兩句詩特別有好感。

「你這個問題問得好，我可以告訴你？這兩句詩不是她做的，那是陳後主陳叔寶的詩。怎麼樣？蕙蕙，你喜歡這兩句詩嗎？」李老師的一邊眉毛吊得高高的，眼睛也睜得大大地。

「喜歡，很喜歡，只是，我覺得，假使把鷄鳴兩個字改為天明，豈不是更好一點？」

「蕙蕙，你的確有頭腦！我年輕的時候讀到這首詩也和你一樣想法；不過，我現在的想法不同了，我以為還是用鷄鳴兩個字比較好。」李老師的興致來了，眉飛色舞的，一隻手不斷地在空中做手勢，一隻手不斷地拍著大腿。娟娟朝我直眨眼。

可是，我的興致也不小，我不理她，繼續問：「為什麼呢？」

「因為我覺得鷄鳴兩個字更親切更貼切一點。雖然天明兩個子比較雅，但是也比較空泛；鷄鳴兩個字固然俗，卻是更實在些。譬如說那個垂淚的人是個鄉下女孩子，鳴鷄對她不就是代表天明？蕙蕙，你現在還堅持你原來的意見嗎？」

「不了，李老師，我完全同意您的說法。」我心悅誠服地說。對李老師，我一向是佩服得五體投地的；可惜，他如今卻要走了。

「真的嗎？那我很高興。」李老師眉開眼笑地說。「那麼，娟娟呢？你有什麼意見？」

「我沒有意見，我對詩一點也沒有興趣。」娟娟噘著小嘴，故意裝出不高興的樣子。「李老師您別老是談詩嘛！談談那位送畫的老朋友好不好？」她把老字故意拖得長長的。瞧她那副頑皮勁，我忍不住掩嘴暗笑。

李老師的臉忽然紅了起。「有什麼好談的呢？你們又不認識她。」

「不認識有什麼關係？畫得這一手好畫，一定是位很有才氣的人，就跟老師一樣。老師，您就講給我們聽吧！您把這幅畫掛在書桌上，它一定是件紀念品，是嗎？」娟娟簡直是在撒嬌了。

「我該怎麼說才好呢？」李老師在抓耳搔腮。

「李老師，您先告訴我們您這位朋友是男的或是女的。」我也不甘人後起來。

「她是個女孩子，跟你們現在的年紀差不多，也就是畫中人。說起來，那已經是將近三十年前的往事了。唉！想起來那又好像只是一轉眼之間。」李老師深深嘆了一口氣，凝視著畫中那個垂首低眉的少女。他，一定是回到三十年前的舊夢中去了。

我和娟娟交換了一個興奮的眼色，我們把椅子拉近，把姿勢坐正，在準備著聽故事。

李老師望著我們，展開一個無可奈何而淒清的微笑。「好吧！如果你們一定要聽，我就講；不過，這並不是怎麼好聽的故事，假使你們聽了覺得煩厭或者打瞌睡，是不能退票的啊！」李老師先幽了我們一默。

「李老師，您放心，我們有這些落花生吃，已經值回票價了。」娟娟也回敬了一句俏皮話。

「好了，娟娟，少囉嗦！李老師，請快點開始吧！」我急得向娟娟直瞪眼。

誰知那死丫頭又有新花樣，她忽地站起身來，直向房間角落裡那張擺著熱水瓶和茶杯的小儿走去。她倒了一杯開水，雙手捧到李老師面前說：「老師，請吧！這杯水給您潤嗓子。」

「啊！娟娟，謝謝你。你們看我真是老糊塗了，居然沒有請你們喝開水，反而要你們倒給我。你們也來一杯好嗎？」

「老師，我們要喝的話自己會去倒的。您快點講吧！」我和娟娟一起回答。

李老師喝了一口水，舔了舔嘴唇，瞇著眼，凝視著畫中人。「她是我家裡僱用的一個佃農的女兒，從來不曾進過學校，可是卻寫得一手好字，畫得一手好畫，你們說怪不怪？倒真像娟娟所說一樣時有點才氣哩！」他開始喃喃地說。

「她為什麼不進學校？那個時候是不是清朝？」娟娟問。

我笑彎了腰。面容帶著點淒清意味的李老師也笑了：「娟娟，現在是民國幾年了？」

「五十四年呀！」娟娟還不明白我們在笑什麼。

「那麼，三十年前是不是清朝呢？」

「我算錯了！我看這位小姐的服裝，而且，老師——」娟娟說到這裡就伸了伸舌頭停住了。

「老師怎麼樣？」李老師笑著問。「啊！我明白了，你想老師頭上白頭髮這麼多，一定是在清朝就出生了，是不是？」

「不是！不是！我又算錯了！老師，繼續說下去吧！」

「老師，是誰教她寫字畫畫的呢？」我忍不住問。

「我正要告訴你們。事實上，我只教過她讀書識字，寫字畫畫是她自己練出來的。」李老師又把目光固定在那幅畫上。「我生長在一個富有的家庭裡，是我父親的獨子，從小沒有玩伴，生活過得非常寂寞。我記得我好像是在小學二三年級的時候開始認識她的。她的父親來給我們耕田，就在我們的祖屋旁邊搭了一間小茅屋居住，她的母親已經死了，她一個人跟著父親過活。

有一天我放學回家看，看見一個年紀跟我差不多的小女孩正無聊地坐在我家門口的石階上望著遠處發呆。

「你是誰？」我好奇地停下來問她。

「我是阿發的女兒。」她抬起頭回答我，兩隻眼睛好圓好亮。

「阿發是誰？」我又問。

「阿發就是我爸爸。」她一本正經地回答。

「算了，我不管你爸爸是誰。你叫什麼名字？住在那裡呢？」我忍著笑再問，因為我不明白這個陌生的小女孩是從那裡來的。

「我名叫玉娥，我家就住在那裡。」她指著我家圍牆旁邊那椽新蓋的茅屋。於是，我明白了她的身分。

「玉娥，你要不要到我家裡來玩？」我問她。我很寂寞，很需要有小朋友陪我玩。

「那麼，你又是誰呢？」她帶著驚訝的神情望著我。

「我叫渭生，我就住在這裡。」我說。

「那麼，你就是這裡的小少爺了？」她睜著圓圓的眼睛，打量著我身上的學生制服和書包。「你每天都去上學？在學校裡都做一些什麼事呢？」

我點點頭，再對她說：「你進來嘛！我不但會告訴你學校裡的事，還要給你看許多好玩的東西。」

「可是，我爸爸吩咐過我不准到裡面去的。他說，老爺會把我趕出來。」她低著頭，無限委屈地說。

「不會的，我爸爸不會那麼兇。你是我的朋友，他不會趕你的。」

於是，她怯生生地跟在我後面，走進了我的書房。我拿出我的課本、圖畫書和許多玩具給她看，她摸摸這樣，摸摸那樣，對每一樣東西都感到無限新奇。當她看到書上的字的時候，她問我那是什麼。我吃驚地說：「你一個字都不認識？」

「我們是窮人，進不起學校，怎會認識字嘛？」說著，她眼圈紅紅的。

「你想識字嗎？」我問。

她點點頭。

「好，從今天起，我教你識字。」我拍著胸膛說。

我父親整天為生意而忙，我母親是個舊式女子，終日躲在她的閨房內燒香禮佛，他們都很少到我的書房裡；所以，從那天起直到我小學畢業為止，我每天把玉娥帶到書房裡教她讀書的事，我的父母竟然都不知道，更沒有別人來干涉。有時，我們也會一起到田野裡去玩。由於有了她，我的童年也變得有趣起來了。

玉娥很聰明，在那四五年內，居然從不識字而進步到趕上了我的程度。從四年級開始，我每天學了什麼就教她什麼，她也是學一樣懂一樣。到了我畢業那天，我對她說：「玉娥，我再也不能當你的老師了，因為你比我還行。」

「渭生，我真不知道要怎樣來感謝你，假如不是你肯教我，我到今天還是一個文盲哩！將來，你上了中學，還肯教我嗎？」

「當然！只要你肯學。」我滿有信心的一口答應了。

可是，事實上我並沒有做到，因為父親要我到城裡去上中學，理由是城裡的學校辦得好。以後，我只能在每年的寒假和暑假回家去，而玉娥也到一家絲廠去做了女工，我們在一起的機會不多，見了面也就不像從前那樣親熱；但是，她在我的心目中仍是我最要好的朋友。在那些日子裡，她自己在學習國畫和書法，而且常常把作品寄給我看，請我批評。她一年比一年的出落得美麗，我雖然沒有說出口，已暗暗許下了心願，將來要娶她做妻子。

李老師一口氣說到這裡才歇下來喝水。我聽得入了迷，眼前看見的不是鬢髮已衰的李老師，而是在鶯飛草長的江南景色中一個頎長儒雅的少年和一個纖小秀麗的鄉村姑娘手牽手在漫步。

「李老師，」娟娟的一聲呼喚把我從幻象中驚醒。「那麼，那位玉娥小姐對您怎麼樣？有表示過愛意沒有？」

娟娟好傢伙，怎可以問得這樣大膽的？我不禁瞪她兩眼，她卻若無其事。

李老師又臉紅了。這麼大年紀的人動不動就臉紅，可見他還是臉嫩得很。「這個嘛！她不需要表示的，我可以從她的眼神中看得出。」

「後來你們結婚沒有？」娟娟又問。

「沒有！」李老師搖搖頭。「要是結了婚，這就不成為故事，而且也不會有這一幅畫了。」

「李老師，後來怎樣了？快說下去吧！」這時，我也忍不住和娟娟同聲地叫了起來。

「高中畢業以後，我到北平去上大學，和她離得更遠了。不過，我們倒是時常通信的，在信裡，我們把心裡的話都說了出來；她擔心我會移愛於女同學，我卻向她保證我愛的只有她。當我讀完大二那年的暑假，抗戰發生了。那個時候，全國的熱血青年都紛紛投筆從戎，我是個感情豐富的人，當然也不例外。我雖然捨不得玉娥；但是，在那個年紀，兒女之私是敵不過愛國豪情的。當我把我的決心告訴她，她雖然哭了，不過卻沒有阻止我，她說她願意等我回來。

我是瞞著父母偷偷去從軍的。到了離家那一個夜裡，她和我在樹林裡話別，送給我這一幅畫。想不到，那次就是我們的永訣，到現在，二十八年了，我沒有再看見過她。」李老師說到這裡，聲音變得有點哽咽。他望著壁上的畫，喃喃地念著：「思君如夜燭，垂淚到鷄鳴。唉！這兩句話太淒悲，太不祥了，難道這是預兆？」

「李老師，她是不是死了？」娟娟又快口快舌地問了。

「我不知道。也許是死了。」李老師搖搖頭又接著說：「抗戰勝利後我回到家鄉，發現父母都已亡故，家產蕩然，我什麼都沒有了。佃農們當然都已星散，好不容易打聽到玉娥的父親在鄰村給別人耕作，去找到他，卻見不到玉娥。老農夫看見我很生氣，還跟我要女兒。他的女兒已經在五年前離開他到大後方找我去，到現在一直沒有音訊，還以為跟我跑了哩！天曉得！八年前我離去不久，家鄉就淪陷了，我始終沒有辦法跟家裡和玉娥聯絡，整個中國這麼大，她到那裡找我呢？」

「從此，我變成一個無家也無根的人。我到處流浪，到處飄泊，我在每一個大城中都登了尋人啟事，希望找到我的玉娥；然而，茫茫人海，我又如何能找到她？她父親說她離家了五年，以一個從未出過門的鄉下女孩子，是很容易遭遇不幸的，天曉得她是不是已經在戰亂中喪生？」

「流浪了兩年，我完全失望了。我回到北平的母校去繼續完成我的學業；然後，到了大陸變色的前夕，又來到臺灣。我選擇了教書做我的終身事業，因為我自己沒有家，我願意把我的愛分給別人的孩子。」

李老師說到這裡，嘆了一口氣，慈祥地望著我們，嘴邊還帶著一絲淒苦的微笑。我不知道娟娟現在的表情是怎樣的；但是，卻控制不住自己的感情，眼圈一紅，跟著就嗚咽起來。「老師，您太可憐了！」

「蕙蕙，別哭！你不必為老師難過。我有你們這些好學生，不是很好了嗎？」李老師倒反而安慰我起來。

「可是，您一個人太寂寞！太孤苦了！」我仍然嗚咽著說。

「李老師，您為什麼不結婚呢？」死丫頭娟娟又發出不識好歹的問題來了，害我急得暗暗跺腳。

還好，李老師並沒有不愉快的表示。他苦笑了一下，說：「結婚？五十歲的老頭兒還有人要？」

「我是說，在您年輕一點兒的時候，譬如說，在您剛來臺灣的那幾年。」娟娟竟然得寸進尺。

「不，我不能那樣做，那樣做太對不起她了。」李老師搖搖頭說。

「李老師，您為什麼要到巴拿馬去呢？要是，那位玉娥小姐在您出國的時候來到臺灣，您就錯過機會了。」我一面用手帕捂著鼻子一面說。

「她不可能出現了。巴拿馬那邊的僑校需要教員，既然人家找到我，我想去為華僑盡點力也好。何況，我們訂的合同不過兩年，兩年後我還可以回來的。」

「李老師，這幅畫您也要帶去嗎？」娟娟又在問一些蠢話。

「當然囉！廿八年來它跟隨我出入槍林彈雨中，我是從來沒有離開過它一天的，它對我有著極重大的意義，從小我的方面來說，它就是我生命的寄託。你們還記得我怎樣跟你們解釋小我和大我嗎？」

「記得！」我和娟娟一齊點點頭，心中像塞了一堆亂草般的難受。

李老師低頭呷了一口白開水，然後，伸了一下懶腰，又用拳頭輕輕在後腰上搥著。在這一剎那間，我發覺老師變得好老好老：兩鬢斑白，臉上縱橫都是皺紋。

我向娟娟暗暗使了一個眼色，表示這該是我們告辭的時候。於是，我們站起身來。

「李老師，我們要走了。」我說。

「李老師，您坐的船後天幾點鐘開？」娟娟問。

「不，你們千萬不要來送我，老遠跑到基隆去做什麼？費時費事，最沒有意思了。我也搞不清幾點鐘開，你們千萬不要來，知道嗎？」李老師一面說一面著急地亂擺著手。

「好吧！老師到了一定要寫信來啊！」

「當然！聯考放榜後你們也一定要寫信告訴我你們考上了那一間大學啊！」

「老師，祝您一路順風！再見！」我和娟娟一起說完了這兩句話，不禁眼圈又是一紅。

民國五十四年《中央副刊》

慘綠和蒼白

積滿塵埃的紗窗擋住了金黃色的、耀眼的七月陽光，而把慘綠和蒼白留給室內。

七月的午後為何如此寂寥？是室中人都尋夢去了嗎？不是的，蜷伏在沙發角落裡的那個中年婦人剛剛從一個曾經編織了好幾年的美夢中醒過來。她整天瞪著一雙失神的眼睛，現在，無論是在黑夜或白天，她都不會做夢了。

積塵的綠紗窗帶給室內以一層慘綠的氣氛；瓶中的萬年輕長著慘綠的葉子；湖水色的桌布和燈罩蘊含著太多的慘綠。蒼白是中年婦人的臉、中年婦人的唇；蒼白是牆角那個電冰箱，永遠是那麼冰冷，令人想到古埃及金字塔裡躺著木乃伊的棺材；蒼白是四面粉牆，令人想到了病房，想到了太平間。

積塵的電唱機久已瘖瘂，自從那兩個年輕的孩子離去以後；積塵的電視機經常鐵青著臉閉著嘴，除非她的他在家。但是，當他咬著煙斗全神貫注在電視幕上時，她又覺得他等於不在家一樣。

架上的圖書也積滿灰塵了。男主人忙著開會，女主人忙於等待，一冊冊洋裝的、平裝的書本遂被冷落在一旁。茶几上的幾分報紙倒是頗為得寵的，一天起碼被拿起十次八次，被揉弄得皺皺的，從要聞版到副刊到小廣告，全注滿了有著蒼白臉孔的中年婦人的目光。

一切都積滿了灰塵，一切都都著太多的慘綠和蒼白，這就是她的生活的全部。

在塵的、慘綠的和蒼白的室中，唯一無塵的、閃亮的東西是兩個金色的相框，神氣地、昂然地站在案頭。神氣地、昂然地站在照片中的是兩個戴著方帽子的青年。好俊美的一對嬌兒！他們才是我生活的全部！

只是，他們如今飛走了，飛得遠遠的，像一雙羽毛豐滿了的小鳥，飛過了太平洋，飛過了洛磯山，兩三個月，才飄來一張薄薄的藍箋。

灰塵、慘綠和蒼白並不是她生命的全部，那張薄薄的、淡藍色的航空郵簡才是她生命的全部。儘管只是疏疏的幾行，她仍然用她的全部時間、全部心意、全部生命去期待。

恐怕再也沒有第二個人像她那樣清楚郵遞的時間了。只要腳踏車清脆的鈴聲在大門外叮噹地一響，蜷伏在沙發一隅的蒼白臉孔的婦人就彷彿被反射作用彈了起來，彈到大門口。綠衣人的身影一點也不慘綠，而像是綠玉雕成的菩薩。可惜這個綠玉菩薩一年之中並沒有幾次帶給她以藍箋。假使這個綠玉菩薩能夠有求必應的話，她真是寧願跪在地上向他磕頭。

嬌兒們怎麼樣了？是生病？是功課太忙？還是離了巢的小鳥不再需要老鳥？

老鳥的心疼了。不是因為自己被小鳥遺忘，而是心疼他們那雙白嫩的少爺的手。幾個鐘頭的站在餐館的廚房裡，站得腿疼腳腫；雙手幾個鐘頭的泡在熱熱的肥皂水裡，泡得發脹發紅。那兩個文質彬彬的孩子捧起餐盤周旋在顧客之間，又是甚麼樣子？累嗎？會不會感到難為情？為什麼不捎一張薄薄的藍箋回來？為什麼要隔洋的老鳥牽腸掛肚？母親蒼白的臉快要跟牆壁的顏色一樣了。

呀！說不定哥兒倆都被洋妞迷住了。白金髮的、黃金髮的、栗色髮的，像火燄般的紅髮的、像沒有星星的夜空般的黑髮的，藍眼的、碧眼（也是慘綠色嗎）的、灰眼的、紫眼的、棕眼的、黑眼的洋娃娃們，個個都像是萊茵河上的女妖，這兩個異國的舟子，就此迷了航。

啊！可能嗎？不久以前，兩個嬌兒都還是嬰孩呀！嬰兒也會談戀愛嗎？兩個白白胖胖的嬰兒，爭先恐後地來到人間，一個是在寒冷的冬夜裡大聲啼哭著掙脫了母體，另外一個在次年的深秋便也不肯後人地加入了這個家庭，哥兒倆僅僅相差了十個月。那個時候家裡真熱鬧！蒼白面孔的中年婦人不自覺地展開了緊鎖著的雙眉，讓淡淡的笑紋從嘴邊蕩漾到眼角。

她把身體挪動了一下，伸手在沙發前面的小几底層拿出一本照相簿。照相簿上沒有半點灰塵，因為她起碼每天翻動一下。

好重的一本簿子！暗紅色的絲絨封面已經褪了色，正像青春的豔麗已從她臉上消褪了一樣。是的，這本照相簿埋葬了我的青春。蒼白的手指翻開了第一頁，看哪！那個披著白紗的美麗新娘子不正是二十五年前的她嗎？但是，美麗的新娘子今日變成了蒼白的中年婦人，而那個有一頭濃髮的新郎卻變成除了開會就只知道坐在電視機前的禿頂男人。

笑紋消失了又再出現。因為她看到了兩個白白胖胖的嬰兒。睡在搖籃裡靜著兩隻好奇的眼睛，脫光了衣服在花園裡曬太陽，兩兄弟一同坐在浴缸裡戲水，小哥哥在蹣跚學步，小弟弟在地板上爬……啊！多可愛！嬰兒太可愛了！我簡直急著要抱孫了！洋妞們生的孩子有這樣可愛嗎？不！我不要他們跟外國女孩結婚，我甚至不要他們在美國結婚，我不要當美國人的祖母。我不要我的孫兒嚼著口香糖大模大樣地向著我說：「嗨！格蘭媽！」

想得那麼遠幹嗎？我的嬌兒們還小，他們還有兩個階段的學業要修，不會這麼早就結婚的。我也還沒有老，四十幾歲的人做祖母不太早一點嗎？

我真是想到那裡去了？他們還是兩個嬰孩彷彿就像昨天的事呀！只是，這兩個嬰孩明明已經長成兩個英挺的青年，二十幾年的歲月，過得比一場電影還要快，我能相信嗎？

她的心亂了，不想看下去，蒼白的手指飛快地翻動著，簿頁在她的手指下也飛快地一頁頁翻過去，不錯，比一場電影還快。小兄弟在幼稚園畢業了，背著小書包、戴著小白帽上小學了，穿起童子軍制服了，戴起軍訓帽了；他們活躍在球場上，他們活躍在游泳池邊，他們當選了模範生，他們以最優成績一先一後拿到了高中的文憑。

想想著我的美夢是從什麼時候就開始編織的？是從他們在大專聯考中考取了第一志願開

始？不，還要早一點，正確一點的說，我的美夢始自他們考進了號稱全省第一的省中那天。

為什麼我不編織我的美夢呢？我沒有戴過方帽子，當年因為愛情而失卻理智，早早就做了小妻子，而只知道開會和看電視的男人也沒有喝過半滴洋水；當年我們得不到的東西，為什麼不讓孩子們去獲得？何況，孩子們是一流學府的高才生，讀的又是如今最吃香的工科，為什麼不讓他們接受更高深的學問？人家讀中文的，英語半通不通的還都千方百計要出去，他們為什麼不能去？

是的，他們去了，一先一後地，就像二十幾年前他們來到人間一樣。雖然他們的走使得家裡的銀行存摺只剩下三位數；但是，她從來沒有這樣滿足過，她快樂得全身顫抖，雖則她在基隆的碼頭上曾經兩度淚濕了兩條手帕，她仍然認為自己是全世界最幸福的女人。

嬌兒們走了，沒有人要她縫鈕扣；沒有人要她補襪子（只知道開會的人的鈕扣似乎從來不會掉，襪子也從來不會破）；沒有人一進門就嚷著肚子餓；沒有人把電唱機的音量開到最大去聽交響樂；沒有人徹夜開著電燈啃課本；沒有人要求她在星期天做幾個拿手菜來請他們的同學吃一頓熱熱鬧鬧的飯；沒有……什麼也沒有。自從他們走了以後，這間原來很溫暖的屋子變成了陰冷死寂的墳墓，比裝著木乃伊的冰箱還要冷，一切都是慘綠和蒼白。

慘綠的屋子、慘綠的下午、蒼白的生活、蒼白的臉孔，在她剩餘的有限生命中，一切的顏色都是冷調的，甚至那張幾個月才飄來一次的薄得不能再薄、輕得不能再輕的藍箋也不例外。

死寂，像墳墓一般的死寂。為什麼大門外還沒有腳踏車的鈴響？為什麼鄰家的老黃狗不吠？為什麼對門的嬰兒不哭（我真是寧願他們兩個永遠是嬰兒）？為什麼一切都死寂了？我受不了！我受不了！

沉重的照相簿從她的膝上滑到了地板上，啪的一聲，在這死寂的、炎熱的午後簡直是驚天地的巨響。她嚇了一跳，人差點從沙發上摔了下來。

忽然間，她的耳朵豎了起來，眼睛瞪得圓圓的，像一隻發現了目的物的獵犬。清脆的鈴聲在門外響起來了，救苦救難的綠玉菩薩，這一次可別再使我失望啊！反射作用把她從沙發上彈了起來，她以當年跑五十米的速度衝出客廳，衝進進院，衝到大門口，站在七月的驕陽下，用顫抖的手打開了信箱。信箱裡躺著幾封信：一封是廠商的廣告，兩封是信封上印著「開會通知請即拆閱」的印刷品，一份是贈閱的刊物，就是沒有藍箋。

她發狂地用手在信箱中摸著，彷彿藍箋是一根針，或者一粒砂子。沒有！沒有藍箋！不可能的，已經快三個月沒有藍箋了，不可能的！莫非是掉在門外？

打開了大門，午後的巷子寂靜無人，地上連一片落葉也沒有，那裡有她的藍箋？鄰家的老黃狗沉沉睡去，對門的小嬰兒沉沉睡去，全世界都像是一個古墓。

烈日曬得她發昏，但是蒼白的臉依然蒼白。開會通知和另外兩份不會有人拆閱的郵件從她無力的手中掉到地上。它們會靜靜地躺在那裡直到那個只知道開會的男人回來的，今天沒有半點風。

緩緩地關上大門，緩緩地走進室內。離開了午後金黃色的陽光，她又進入慘綠與蒼白的墳墓中。

蒼白的中年婦人依然蜷坐在沙發的一隅，瞪著失神的眼睛。她在詛咒餐館中大疊大疊的髒盤子，咒詛萊茵河上女妖，咒詛規定閱讀太多參考書的教授，甚至咒詛寄開會通知到她家裡來的人。

積塵的慘綠紗窗，積塵的慘綠萬年輕葉子，還有慘綠的桌布和燈罩；四壁是太平間的蒼白牆壁，像木乃伊的棺材般的蒼白的電冰箱裡面的食品永遠吃不完。

在慘綠和蒼白的古墓中的蒼白婦人睡著了。她沒有去尋夢，但是，卻看見了無數淺藍色的大蝴蝶鼓著薄薄的翅膀向她飛舞過來。

民國五十四年《中央副刊》

寂寞黃昏後

一

她，像一尊塑像般慵懶地欹坐在沙發內，懷裡抱著隻小貓，纖長的手指扣在貓頸裡的長毛中，她動也不動，小貓也靜靜的伏著。室外的天色已經很暗了，紫灰色的暮靄透過紗窗，濛濛地滲進室內，使得這寂寞的小屋裡增加了一層氤氳的氣氛。屋裡一切都是靜止的，除了電唱機上的唱盤。拉哈曼尼諾夫的第二號鋼琴協奏曲在那上面演奏著，柔美的、哀傷的、扣人心弦的旋律迴蕩在紫色的黃昏裡、一遍又一遍地，似乎永不休止……

塑像動了一下，小貓也動了一下，還喵喵的叫了兩聲。她拍拍牠的身子，放牠下地，伸手到旁邊的小茶几上拿了一包香煙，抽出一根啣在嘴裡，用兩雙手指劃了根火柴，姿勢優美而純熟地點著了香煙。然後靠在沙發背上，交叉著雙腿，仰起頭，閉著眼睛，悠然地吐出了一個又一個乳白色的煙圈。

她微微地笑了，與其說那是笑，不如說是嘴角的輕輕牽動。抽煙是新近才學會的，她學抽煙，並不是為了什麼而是覺得抽煙時的情調很美，尤其是當她黃昏獨坐聽唱片時，悠閒地吐著嫋嫋煙圈，音樂的氣氛就似乎更加濃郁。

有人「閣閣」地敲了兩下門，接著門就被推開，是房東的下女阿梅送晚飯來了。

「伍小姐，吃飯了。天這樣黑，怎麼不開燈呀？」阿梅說著，替她把電燈扭開，然後退了出去。

在黑暗中坐久了，突然看到光亮，使她感到有點暈眩。她閉著眼睛，仍然坐著不動，小貓卻在她腳邊磨來磨去的喵喵叫個不停。

「啊！你一定餓了。」她的嘴角又牽動了一下，把小貓抱起來，走到飯桌邊。她把小貓放在桌子上，看見菜餚中有一盤乾炸小魚，夾起來嚐了一口，明明覺得很香，吃到嘴裡卻沒有什麼滋味，就搖了搖頭，把一整盤的魚送到小貓跟前。

小貓愉快而又貪婪地啃著魚，她卻皺著眉，全無食慾。盛了小半碗飯，泡了些湯，像敷衍誰似的勉強吃著。她看著小貓吃魚，心中猛然一驚：我是做什麼呀？多作孽！兩年多以前我連這盤魚都吃不到，現在卻用來餵貓？

那個時候我們吃的是什麼？豬血、韭菜、空心菜……，吃得臉色都發黃發青了。想那些幹嗎？過去的早已過去。我的臉色現在又如何呢？每天的牛奶鷄蛋對我竟是毫無用處，我還是蒼白得像個貧血症的患者。房東太太說我運動太少了，每天下了班回來就坐在房間內，不運動的人對食物的營養份是不易吸收的。

她推開碗筷，走到梳妝桌前坐下。鏡子裡映出一個蒼白而瘦削的女人，她的眼睛很大，但卻是失神的，濃長的睫毛無力地下垂著，使她看來帶點病容。嘴唇也是蒼白的，薄薄地抿在一起，像是要抿住滿腔的幽怨。人一瘦，顴骨就顯得突出，鼻翼也顯得太單薄，這使得她的面貌看來有點冷酷寡情。身子也是瘦瘦的，扁扁的，完全沒有女人該有的曲線；她又痛恨那種自欺欺人的偽裝，從來不肯作假，因此，無論什麼衣服穿在她的身上都像掛在衣架上似的，晃晃蕩蕩毫不服貼。

一頭烏黑濃密的長髮該是她最值得驕傲的一項財寶了。她很保守，上班時總是把長髮盤在腦後，梳成髮髻，這使得她看來有點像個老處女。下班回家，她才把頭髮放下來，在頭頂上用一條很寬的髮帶束著，這樣的裝扮，使她立刻年輕十歲。

飯菜撤走了，小貓睡著了，她也入浴過了。屋子內外都一般沉寂，她在室內來往踱著步，找不到一件可以做的事，寂寞像一面巨大的網把她的頭罩住，使她感到窒息。她拿起一本小說，點上香煙，打開了唱機，她想藉書中的故事、煙圈和音樂來驅除寂寞；可是，這面寂寞的網卻把她愈兜愈緊。她想叫，想喊，想扯開這面網，甚至想撕裂自己……。夜夜的寂寞，長年的孤獨，是會令到一個年輕的女人發瘋的啊！

二

頭昏沉沉的，肚子很空虛，她要量米燒飯，米缸卻是空的。他像條死魚般攤在床上，張著嘴，發出陣陣的酒臭，鼻息如雷。

「死傢伙，有錢喝酒卻沒有錢給我買米。」她在肚子裡咒罵著他，一面躡手躡腳走到牆邊，去翻他那條掛著的西裝褲口袋。那裡面有一團破鈔票，拿出來立刻聞到一股霉腐的氣味，散開來一看，居然有一張十元的。

「今天總算不至於捱餓了。」她對自己說，一面把那堆鈔票收進自己的皮包中。

突然，她的手被人攫住，同時，臉上也吃了熱辣辣的一個耳光。

「好呀！你這個賊婆娘，誰叫你偷我的錢的？」他不知什麼時候醒過來了，罵人的時候，他的聲音粗嘎得很難聽。

「什麼叫偷？家裡沒有米了嘛！」她一手撫著被打的地方，巴巴地分辯著。

「我不管，你把錢還給我。」他蠻橫地把她的皮包搶過來，把它打開，將裡面的東西通通倒出來，除了把那團又臭又髒的鈔票拿回去外，還想把一隻用紙包著的戒指拿走。

「你別想打我這隻戒指的主意，這是媽留給我唯一的紀念品，再說，這老古董也值不了多少錢。」她怯怯的站在一旁說，不敢動手跟他搶，她是怕他怕慣了的。

他不理她，逕自把戒指揣在懷裡。她急了，走過去跟他要，卻被他一把推開。她踉踉蹌蹌地跌倒，身子下面是個無底的深淵……

她驚叫了一聲，出了渾身的冷汗，心頭砰砰的跳著，原來卻是躺在柔軟舒適的彈簧床上。四周岑寂，夜涼如水，窗外射進淡淡的下弦月的微光，長夜已過去大半了吧？她睡不著了，索性起來披了件睡衣到沙發上去抽煙。

剛才都是個夢嗎？不，那明明是往事的一幕啊！那流氓似的男人，當時她真是把他恨得要死，如今想起來卻多少有點憐憫的成份，他到底曾經是她愛過的人呀！

那似乎是很遙遠以前的事了。可不是嗎？那時的她只是個一天到晚沉湎在歌聲和美夢中的小姑娘，如今呢？卻是個憂鬱的婦人，每天黃昏，抱著貓兒聽著同一的唱片。

在那個她認為可以炫耀她的天才和美貌的畢業演唱會上，她興致勃勃，快樂得像隻雲雀。當然，那時她是美麗的；青春、活潑、苗條，這便夠了，何況還有一雙靈活的大眼睛和一頭濃密的黑髮？那夜，她穿著一件紫蘿蘭色的薄紗夜禮服登臺，紫蘿蘭色和她的黑髮異常相配，這使得她在同儕中顯得極為出色。一曲莫札特的〈愛情的煩惱〉為她贏得特別響亮的掌聲；這位小姑娘應該還沒有嚐過愛情的煩惱吧？可是她唱得多麼有感情啊！她是一個天才，她是樂壇上的一顆彗星，有些敏感的聽眾就這樣想了。

當她的節目完畢，退到後臺去的時候，有一個陌生的男人在等著她，自稱是記者。

「伍小姐唱得好極了，我想在我們報上把您介紹給讀者，我現在可以訪問您嗎？」那個人說話很禮貌，儀表似乎也不難看。

「我——我只是一個學生，有什麼值得介紹呢？」她又驚又喜，一時不如道怎樣回答好。

「伍小姐太客氣了，我們都相信您是一位天才啊！」

第二天，那個名叫馬大興的記者親自到她的家裡來拜訪，並且帶來了一份登載著她底特寫的四開小報，那篇特寫上還附有她演唱時的照片。

第一次看到自己的大名上了報，而且還被捧上了七重天，她怎會不感到飄飄然呢？她真心地感謝這位好心的記者：「馬先生，您這樣捧我，我怎當得起啊？」

「這不是捧，是發掘，是給社會推薦，我們當記者的，就是要負起這個責任。」馬大興笑了笑，露出一口白森森的牙齒。

「無論如何，我總是很感激您的。」她說著，含羞地低下了頭，因為馬大興正目灼灼地注視著她。

「小姐，別儘說客氣話了。現在，我有一個要求，希望你能夠答應我。」馬大興把「您」字改為「你」。

「是什麼事呢？只要我做得到，我一定會答應。」

「你當然做得到，只要你看得起我就會答應的。小姐，我能有請你吃一頓中飯的光榮嗎？」馬大興笑嘻嘻的，像在跟老朋友說話。

這樣的語調，她怎能拒絕？更何況，她對他並無惡感。人家捧你一場，陪他去吃頓飯又算得了什麼呢？

青年男女的交際約會，有了第一次便會有第二次，這似乎是順理成章的事。吃過了這次中飯的幾天後，馬大興送來兩張音樂會的票，並且親自陪她去聽。過了幾天，又送來一本歌本，說是別人送他的；過了幾天，又來邀她去咖啡室聽唱片。

那個時候的她，喜歡聽女高音唱的詠嘆調（現在，她卻是喜歡聽拉哈曼尼諾夫的憂鬱旋律了），她記得：那次她陪他上咖啡室她點播的是卡拉絲的獨唱集。

他凝視著她，得體地說：「這多像你的歌聲啊！」

「算了吧！別瞎捧，當心人家聽見了笑掉了牙。」

「懷冰，」他現在已不稱她小姐了。「不管怎樣，你在我的心目中樣樣都是最美好的。」

「你太會講話了，我說不過你。現在，我要問你一句話，你為什麼老是帶我出來玩呢？難道你沒有太太或者女朋友？」在她那種年齡裡，說話常常是不加考慮的；如果在今天，她絕對不會這樣問。

「窮記者一名，那裡來的太太啊？至於女朋友嘛？唔，有倒是有一個——」他說到這裡頓了一頓。

「她是誰？長得美嗎？」她搶著問。

「美得很！她就是伍懷冰小姐。」她的一隻手擱在桌子上，被他乘機捉住了。

「你壞！」她把手抽回，假裝著生氣。

「我知道，你瞧不起我，不願意和我做朋友。」他也裝出一副沮喪的樣子。

於是，她極力否認，急急的安慰他，答應做他的女朋友。她還請他幫忙工作，她告訴他：她獨自一個人在臺灣無親無故的，現在畢了業，一時又找不到職業，很感徬徨。「你們做記者的，認得人多，一定有辦法。」最後，她下了這樣一句結論。

「沒有問題！沒問題！」他拍著胸脯，一口答應。

她既然是他的女朋友了，以後當然是天天見面，天天約會，他所答應的卻沒有下文。她問他時，先是敷衍，後來便說：「時機還沒有成熟，這是急不來的呀！」

有時，他乾脆這樣回答：「找什麼事情做嘛？像你這樣美麗的小姐，早些嫁人算了。」

嫁人，這個問題她也會考慮過；事實上，學音樂的學生並沒有多大出路，她的許多女同學都已經訂婚或結婚了。

表面上，她罵他壞蛋；骨子裡，她也有這個想頭：你為什麼不向我求婚呢？

她這想頭果真如願，在他們認識後不到三個月，她便變成馬大興太太，而在他們結婚之前，她就已先把一切交給他了。

婚後的歲月並不如她想像的那麼羅曼蒂克。鴿子籠似的家，關住了她的青春和夢想。日子的無聊使得她愈來愈懶惰，每天草草的對付了兩個人的三餐之外，她便是躺在床上看那些用一塊錢租來的愛情小說。偶然她也會有髀肉復生之感，技癢而高歌一曲，她那伏案趕寫稿子的丈夫就會皺著眉不耐煩地說：「別唱啦！吵死了！」

「你不是說我唱得跟卡拉絲一樣好嗎？現在又嫌吵。」她頑皮地說。

他不理她。她走過去從他身後抱著他，把臉貼在他的背上，撒著嬌：「大興，不要寫了，陪我出去走走嘛！我都要悶死啦。」

「少嚕嗦！我正忙著，你沒有看見嗎？」他粗魯地把她的手摔開，使得她幾乎跌倒。

她吃了驚，男人在婚前和婚後是多麼不同呀！她的自尊心受到了嚴重的傷害，她沒有再理會他，獨自走了出去，看一場電影才回家。馬大興已上報館去了，桌子上留著一張字條：

冰：

原諒我剛才對你的粗暴，我想我是太疲倦了，脾氣也不太好；但是，你知道我是永遠愛你的。

興即晚

看了字條，她的氣消了大半，等他回來給她一個長吻，她就全忘記了他的不是。他們這一對歡喜冤家，吵了又和好，好了又吵；鴿子籠中的歲月是一連串的齟齬、打情罵俏和肉慾，她沒有思想也沒有白日夢，如今，古典音樂和流行歌對她都是一樣的了。

三

天氣出奇的寒冷，那床舊棉被根本就像個硬殼子般一點也沒有保暖的作用。她縮在硬殼子裡面，冷得發抖。馬大興在晚飯前出去，到現在還沒有回來，不久以前，她已聽見房東那個掛鐘敲過了十二下。他為什麼還不回來呢？兩個人擠一擠也好暖和一些。她晚飯沒有吃飽，因馬大興不在家吃，她只把中午的一點點剩飯炒來吃，那只不過是一碗的份量，到現在當然是消化盡了。

這就是飢寒交迫的味道，想不到我現在嚐到了，伍懷冰苦笑著。她已好久不哭了，因為她明白哭也無濟於事。她奇怪自己何以不恨馬大興？儘管他們時常吵，但是吵過以後，只要馬大興向她說兩句好話，吻她一下，她又死心塌地的愛他了。譬如說現在，她當然有點恨他，不過，她又多麼的想念他啊！只要他馬上回來，只要她能躺在他溫暖的懷裡，只要他柔聲地說他愛她，那麼，飢餓與寒冷算得了什麼呢？貧窮又算得了什麼呢？

她把被子拉緊一點，把身體縮成一團，疲累使她漸入夢鄉，朦朧中卻聽見一聲巨響，然後她所睡的木床猛烈地震盪了一下。他回來了，她立刻睡意全消。巨響是他關門的聲音，現在他已坐在她的床沿上了。電燈還沒有熄滅，她看見他的臉紅得像一隻烤熟了的龍蝦，房間中充滿了酒臭。這氣味她是稔熟的，現在也不怎樣討厭了。

「怎麼到現在才回來？又到那裡喝酒去了？」她問。

他不回答，逕自脫鞋脫襪，然然脫去外衣，扯下領帶。

「我餓得慌，你回來的時候看見巷子裡有賣麵的擔子沒有？」她又說。

「不知道！」他懶懶地說著，又脫下襯衫和西裝褲，臉也不洗，就拉開她的棉被，倒頭睡了下去。

她討了個沒趣，只好轉過身避開他令人欲嘔的呼吸，緊拉著剩餘的一角棉被，數著馬大興如雷的鼾聲，忍耐著等候睡之神光臨。

因為一整夜冷縮著的關係，第二天起來時她渾身的筋骨都很疼痛。飢火在燒熬著她，她匆匆洗漱畢，就想去買早點。打開皮包，她呆住了，只剩下幾張一元的爛鈔票和一小堆硬幣；當然，一塊也夠她一個人吃早餐，但是其餘的兩餐呢？馬大興還在酣睡著，她不動聲色的就去搜他的口袋，外衣的一個口袋裡放著小半包雙喜香煙和一盒洋火，另外一個口袋只有一塊手帕。這塊手帕摺得很整齊，摸起來很滑很軟，面積很小，不大像他平常用的那種，她好奇地抽出來一看，是女人用的、十分漂亮十分精緻的尼龍紗手帕，淡淡的粉紅色，還發散著香水的氣味。她一看，立刻妒火中燒，想推醒馬大興來質問，但後來一想，會不會是他拾到的呢？也許他是帶回來要送給我的，等一下看他怎樣說？

她繼續去搜口袋，倒霉！他也沒錢，跟我一樣只剩下些小票。他的薪水到底都是到什麼地方去了呢？雖說他那報館的待遇低，但也不至少到僅夠他抽煙的呀！最後，她翻開他的皮夾子，那是他放身分證和記者證用的，她知道這裡有時會有一兩張大鈔的。皮夾子一層層的被翻開了，都找不到她的目的物，她感到失望已極，就像一個入山尋寶的人結果空著手出來一樣。然後，當她翻到最後一層時，她呆住了，那塊粉紅色的香巾並非無因，這裡又是一張女人的照片。這女人好妖冶啊！我決不說她漂亮，只是豔得很，也蕩得很，使人一眼就看得出她是個風塵中的賣笑者。大概是酒家女吧？他是個酒鬼，當然會到這種場合去鬼混的。她執著照片在細細的研究，一時間竟忘了肚子餓，也忘記了妒忌。

幾秒鐘以後，她忽地衝到床前，舉起一隻手，用盡全身的力量向仰臥著的馬大興頰上摑下去。馬大興被摑醒，像隻被激怒的獅子似的，一手撫著被打痛了的臉頰，立刻就跳了起來。他兇暴地揪著伍懷冰胸前的衣服吼叫著：「是不是你打我？」

「打你？我還殺想死你呢！」她冷笑著，指著被丟在地下的女人照片說：「你在外面幹得好事！那賤貨是誰？」

馬大興不答，慢吞吞地走過去把照片拾起來，用衣服的下截把它擦乾淨，就準備放回皮夾子裡。伍懷冰衝上前去，想搶過來撕破它，卻被他用力推開，蹌蹌踉踉的跌倒在地上。

她吃力地爬起來，放棄了搶照片的策略，走過去用鞋尖猛力地踢了他的腳脛一下說：「你說不說嘛？這賤貨是誰？」

他被踢得喲的叫了一聲，然後不聲不響地就一連給了她幾個耳光，把她打得捧著臉失聲痛哭。

「你也不睜開狗眼看看老子是什麼人？老子可是隨便被人打的？你別臭美！你口口聲聲說人家是賤貨，你也不見得多高貴呀！專科畢業的學生，還不是跟我認識了一兩個月就——」他悠閒地坐在床沿上，翹著腿，慢條斯理的說著。

「姓馬的，你這個騙子，我跟你拼了！」她嘶叫著把他的話打斷，撲到他身上，抓他、咬他。

一場混戰的結果，他的身上起了幾處抓傷和牙印，她眼鼻青腫，衣衫全被撕破，臉上臂上都有了斑斑的紅痕。小小的鴿子籠更是一塌糊塗，收音機、熱水瓶、玻璃杯全部報了銷，是同居的人進來勸止了這場惡戰的，而那兩個鄰居也就做了他們上法院去離婚的證人。一個組織了半年不到的家，無論在形式上和實質上都就此毀滅；她傷心地提著簡單的行李搬回她以前寄住的遠親家裡，從此，她就沒再見過馬大興。不過，她心裡還有著個很微妙的感情，她似乎忘不了這個第一次挑動她愛情之弦的男人；她想：假如他又來跪在她腳下求饒，她一定寬恕他的。

四

她把髮髻盤好，抹了淡淡的口紅，挑了一件藕荷色的旗袍穿上，拾起皮包，走出房門外，鎖好門，就要去上班。

「伍小姐，你今天臉色不怎麼好，是不是又失眠了？我說呀！年紀輕輕的，對身體要保重一點，怎麼不去找大夫看看呢？老是失眠那怎麼行啊？」胖胖的房東太太從她屋裡走出來，一開口，話匣子就關不起來。

「謝謝您，張太太，我這是習慣性的失眠，找大夫也沒有用的。」

說著，她正要離開，房東太太又叫住了她：「伍小姐，妳今天晚上來跟我們一起吃飯好嗎？我的一個外甥今天受訓回來，要住在我家裡，就是你隔壁那間房子。伍小姐，我那外甥是個好孩子，不會吵你的。今晚我要給他接風，你也一道來吃好不好？」

「不，張太太，我不認識你的外甥，我不想和你們一道吃，謝謝您了。」說著，她怕房東太太再嗦嚕，就連忙走了出去。

下了班，她仍然不敢回家，她知道，一回家準逃不掉，和兩個半老的人，加上一個陌生男子一同吃飯，該是多乏味的事啊！

她獨自到館子中吃了一碗麵，然後走進電影院作為她的避難所。《芳華虛度》這部片子她已看兩回了，感人的羅曼史，如詩如畫的風景，還有男主角儀表的俊逸，都使她覺得百看不厭，但最吸引她的還是這部片子的配樂。布拉姆斯第二首鋼琴協奏曲第一樂章開頭那帶著田園氣息，美得令人沉醉的旋律像一道曲曲溪流貫穿全片，適時地在景色最美麗時出現。看到最後男主角死去，女主角洗淨鉛華，獨自一個人守著空空的房子，失神地看著愛人的遺像，渡過漫長的寒冬時，一次的落下了同情的眼淚。

回到家裡，已經九點多鐘，她看見客廳中仍舊燈火輝煌，笑語頻傳，就知道一定是她的新鄰居已經到了；平日，房東夫婦是休息得很早的。

她躡手躡腳走進自己的房間，立刻就扣上門。電影中悲悽的情節和那沉鬱的旋律猶自縈迴在她的腦子裡。布拉姆斯的唱片她有的是，來不及脫鞋子換衣服，她就找出了那張布拉姆斯的第二號鋼琴協奏曲放在唱盤上。

在那美妙的旋律中，她做完了臨睡前的盥洗工作；此刻，她披散著一頭濃髮，穿著寬鬆的睡袍，趿著拖鞋，纖指夾著煙圈，一如每個黃昏一樣，懶散地斜靠在沙發上。她這種悠閒的神態，如果讓一個鎮日窮忙的家庭主婦看見，一定會羨慕她的清福；但是，她對這種清福卻享受得有點怕，她太閒了，她的內心空虛得像隻無主的輕氣球，飄浮在半空中，她多想能夠有些事情給她做！

剛才她忙著梳洗，布拉姆斯的樂曲給予她的感受不過是對劇中人的同情而已；現在，一空下來，那每夜的寂寞之感又來襲擊她了。劇中人固可哀，而我的遭遇又比她強得了多少呢？「芳華虛度」？我的芳華又如何？

現在她已不輕易為自己流淚了，香煙燒到她的手指，她低低驚叫了一聲，連忙把它丟到煙灰缸中撳熄。

好像有人在敲門，一定是房東太太，真要命！這位熱心過度的老好人啊！使得我連一點個人的自由都沒有。

她懶懶地走去打開門，門外站著個全然陌生的人，使她嚇了一跳。在走廊上明亮的日光管下那個又高又瘦的青年人，嘴角帶著一絲嘲弄的笑容，冒冒昧昧的就開口：「小姐，對不起，打擾您了；可是，現在幾點鐘了，您總應該知道吧！」

這人多沒禮貌啊！他到底是誰？哦？我知道了。

「我不明白你的意思，同時，我也不認識你，你到底要找誰嘛？」她沒好氣地說。

「我叫閔清，是張先生張太太的親戚，今天剛到，就住在您隔壁。我的意思是：現在已經十一點多了，您放唱片的聲音未免太大一點了吧！」年輕人的口舌倒是挺伶俐的。

「我說你這個人真奇怪，我經常放唱片放到十一二點，張太太他們從來沒有干涉過我，你憑什麼不准我聽唱片？」

「小姐，你太不講理了，我舅舅他們的臥室跟這裡隔著個院子，吵不到他們，他們當然不會干涉；可是我是你的緊鄰，你的唱機又剛好靠著我房間的牆壁，就好像在我耳邊響著一樣。」閔清嘴角那絲嘲弄的笑容傳到眼睛上，一雙炯炯有光的眼睛，像兩道電光，好像看穿了她的心。

她自己知道理虧，她放得實在太響了，尤其是在靜夜中，聽起來真有點驚天動地的；不過，這種音響樂就是要放得響才好聽，把聲音縮小了就不是味道。

「我放的這種音樂有什麼不好聽嘛？想來你一定是那種喜歡熱門音樂的傢伙。」她只好繼續不講理下去。

「好聽不好聽是一個問題，我喜歡什麼音樂也是我個人的事，吵人清夢卻是沒有公德心的行為啊！小姐。」閔清說完了，深深地看了她一眼，向她微微一彎腰，就轉身走回自己房間裡。

她被人搶白一頓，氣得把門使命的砰上，又重重的去把電唱機關起來。當一切聲音歸於死寂之後，她還在氣得發抖。她想：我明天非得叫房東太太管教管教那狂傲的小子不可，否則，我就搬家。

第二天她下班回來，才走進院子，就聽見音樂的聲音。她不懂那是什麼曲子，很響，很吵，聽來不怎麼悅耳。是誰在放唱片呢？房東他們絕對不會的，那麼又是那個小子了。走進她所住的邊廂，樂聲更響。他一定是在報復我！她憤憤地打開門走進房間，取出貝多芬的第九交響樂，放在唱盤上，把音量開到最大，她以為這首樂曲雄壯的旋律可以壓倒隔壁吵鬧的樂聲，結果卻不然，兩首樂曲響在一起變成了名符其實的交響樂，真的驚天動地，震耳欲聾，十分鐘後，她就受不了，但又不甘心關掉。

她開門跑到走廊上去，想避開她自己製造出來的「噪音」；可是，那「噪音」仍緊緊跟著她不放鬆。

當她正交叉雙臂，把身體靠在走廊的一根柱子上瞪著她隔壁那扇門在生氣時，門裡的樂聲停了，只剩下貝多芬的旋律在紫灰色的黃昏中迴蕩著，同時那扇門也被打開。閔清從裡面走出來，起初他沒注意到她，後來看到了，也沒有露出驚訝之色，只是把兩片薄薄的嘴唇一扁，苦笑著說：「小姐，大概你也受不了吧？我可要投降啦！」

「是你先放那樣響的，關我什麼事？」她仍然交叉著臂，昂著頭，態度很不友善。

「我沒有存心吵人，華格納的音樂就是那樣響，我有什麼辦法？而且，現在還只是黃昏呀！」閔清的話很不客氣。

她聽出他話裡有刺更是生氣，於是，不再理他就逕自回房間裡。

她剛要把門關上，外面就起了叩門聲，她皺著眉去打開門，原來又是閔清。

還沒有等她開口，他就說了：「小姐，我們的話還沒有談完哩！」

「還有什麼好談的？」

「當然有囉！剛才我說要投降，並不是無條件的投降。你把唱機開得太響了，說話太吃力，可否請你先關一下？」閔清一面說，一面探著頭去打量她室內的布置。

她悻悻地去把電唱機關掉，又悻悻地走回來站在他面前。

「我們來個君子協定好不好？」閔清靠在她的門框上。

「為什麼？」

「這樣才可以彼此不受干擾呀！」

「你說說看？」

「我的意思是：我放唱片時不要放，你放唱片時我也不放，你同意嗎？」

「不同意，因為你放的唱片我不一定喜歡聽，譬如說剛才那張──」

「華格納的〈飛行的荷蘭人〉。那有什麼不好聽？雄渾豪邁，多麼夠氣魄！」

「我就不喜歡，太吵了！」

「那麼你喜歡誰的作品？」

「柴可夫斯基和拉哈曼尼諾夫。」

「他們太憂鬱了，小姐。」

「我就是喜歡憂鬱。呃！你真的也喜歡古典音樂嗎？」

「你覺得我不配？」

「沒有這個意思，不過，你昨天晚上的態度真不像個喜歡音樂的人。」

她的表情柔和了，他嘴角那絲嘲弄的笑紋也隱去。

「我為我昨晚的冒昧向你道歉。」他俯身向前，微微向她一鞠躬。

「算了，我也有不對。」她低著頭，有點靦覥。

「謝謝小姐開恩。繼續我們的談判好嗎？」他笑了笑，深湛的黑眼睛內閃爍著一些不可捉摸的光芒。

她正想說什麼，遠遠聽見房東在喊：「伍小姐！伍小姐！」她才應了一聲，房東太太那胖胖的身軀，就已呈現在他們面前。

「阿清，你站在這裡幹嗎？」張太太看見閔清，大為驚異。「我正想請伍小姐和我們一起吃飯，介紹你們認識，想不到你們已認識了。」

閔清的臉紅了一下：「舅媽，我實在還不認識伍小姐，我只是聽見她放的唱片很好聽，所以走過來問一下罷了！」

「好啦！現在總算認識了吧？伍小姐，你怎麼的啦？昨天說好請你出來吃飯，你怎麼到時又黃牛了？」

「張太太，對不起，昨天因為公司裡臨時有點事，所以沒有趕回來。」伍懷冰也顯得有點難為情的樣子。

「好啦！好啦！說對不起也沒用，現在，我再請你和我們一起吃飯，假如你不答應，就瞧不起我們。」

張太太個子大嗓門也大，她這樣直著喉嚨大叫，使得伍懷冰和閔清不禁偷偷的相視暗笑了一下。由於這一笑，兩人之間的芥蒂全沒有了。

「伍小姐，請吧！」閔清裝腔作勢地向伍懷冰彎腰鞠躬，使得伍懷冰忍不住又噗哧一笑。

這一頓晚飯吃得很輕鬆有趣。伍懷冰原來以為閔清是個傲驕的人，其實他也相當風趣。當他真心地笑著的時候，那嘲弄的眼嘴角的笑紋都不再存在，相反的，他清秀的臉上卻充滿了童稚的真純，看來還像個孩子。她暗暗計算了一下他的歲數，剛受完預備軍官訓練，頂多不過二十三四歲。啊！我也才不過二十五，為什麼他還像個孩子，而我就已開始呈現老態了呢。想到這裡，原來也跟著大家笑得很開心的她，面容不期而然的黯淡了下來，又恢復了蒼白、貧血、孤獨、憂鬱的老處女似的樣子。

閔清的眼很快，他馬上發現了她的變化，立刻就關懷地問：「伍小姐，你不是不舒服吧？」

「我的確有點不好過。張先生，張太太，謝謝你們的晚飯，假如你們不介意的話，我想先告退了。」她感激地看了閔清一眼，乘機站了起來。

「伍小姐，你什麼地方不舒服？不是我的飯菜把你吃壞吧？」房東太太慌慌張張地問。

「不是的，張太太，我只是有點頭暈，去躺一躺就好了。」伍懷冰說。

「伍小姐，我送你回去好嗎？」閔清也站了起來，禮貌地問。

「不用了，閔先生，謝謝你。」

他們一家的關注與慇懃使她更不安，她急急地走回房間，緊緊閉上門，電燈也不開，就呆呆地坐在沙發上。小貓在她身旁熟睡著，她把牠抱到大腿上，把纖長的手指插進貓脖子上的長毛中，貓兒被弄醒，轉過頭去舔她的纖指，又喵喵叫了兩聲，然後又睡著。

她像一尊塑像般坐在黑暗裡不知坐了多久，彷彿聽見有人在叩門，還聽見閔清在外面低低的叫：「伍小姐，你睡了沒有？好一些了吧？」

她的嘴唇蠕動了一下，想說什麼，但馬上又緊閉起來。一會兒，外面的腳步聲走向鄰室，她聽見了開門和關門的聲音。

五

今天天氣很悶熱，伍懷冰下班回家，立刻洗了頭髮，讓它散開著，換了件輕軟寬鬆的家常服，坐在電風扇前面吹著，房門也打開了一半。頭髮她一向都是自己洗的，她不喜歡上美容院去，她怕熱吹風會損壞她那頭濃密烏黑的秀髮，也不喜歡理髮師手裡做出來硬板板的帶著匠氣的髮型。

唱機裡，輕柔地播放著柴可夫斯基的《天鵝湖組曲》。她和閔清的君子協定還沒有談妥，她不願再被閔清說她不講理，此刻，她雖然明知閔清還沒有回家，但她也自重地把音量開到最小。

這一個黃昏，氣氛不再憂鬱了。房門開著，房間裡有散髮乘涼的人兒（不是素服梳髻的「老處女」），有旋律甜美輕柔的音樂，情調居然有點美。

是誰在打開的門上輕叩了兩下？她帶著一頭濕漉漉而散亂的頭髮轉過頭來。又是他！

「我可以進來嗎？」閔清微笑地站在門外。

「當然可以，請進來坐吧！」雖然有點不願意在房間裡招待男人，但她卻無法拒絕。

「伍小姐今天沒事了吧？昨天晚上我曾經來過，但是你已經睡著了。」閔清坐在離她不遠的一張椅子上，眼光一直在她裸露的脖子、胸口和手臂上游弋。

她的臉微微發赭，立刻用一隻手遮掩住頸子以下，領口以上那一段白得像大理石一樣的肌膚。同時低低的回答：「謝謝你，我已經完全好了。」

閔清察覺到自己的放肆，連忙把目光移開，改口說：「伍小姐的房間布置得真雅！」

「那兒的話？」她說著，為了要掩飾自己的不安，就去把蜷臥在沙發上的小貓抱到懷裡。

「伍小姐很喜歡貓？」閔清笨拙地又問。

「嗯！」她輕輕應了一聲，用臉偎住小貓。

「伍小姐，我進來打攪你是有原因的。第一，我看見門開著，就想進來問候問候；第二，我聽見音樂聲放得很低，我想：你已經同意和我簽訂和約了？」

「嗯！因為我是個厭戰的士兵。」她歪著頭，衝他嫣然一笑。

「那真是太好了，我要謝謝你的寬宏大度。現在，讓我們握手言和好嗎？」

閔清天真地向她伸出手，她也不吝嗇地把纖細的手伸出來。當她的手被握在他有力的掌握中時，她感到似乎有一股友誼的電流在兩掌之間傳過。

他遲遲地依依不捨的放開她的手，一時感到無話可說，使呆呆的站著，搓著雙手，說：

「我不打擾你了，我還是回去吧！」

「再見！」她站起來微笑著送他到門口。

閔清走到門外，又轉過身來，一雙深湛的凝視著她好一會兒，然後帶著羞怯的表情說：

「伍小姐，我想說一句話，不知道你會不會嫌我太放肆？」

她的眉毛揚了起來。「你說說看！」

「我說你今天晚上特別美！你看！你這黑緞子般的長髮披散著，襯著這件紫蘿蘭色的衣服，多好看！你昨天為什麼要把頭髮梳成老太婆的髮型呢？」他說著，眼睛裡露出讚美的神色。

「我本來就是老太婆嘛！」伍懷冰嫣然一笑，連她自己也覺得這個笑容是極甜極美的。

「假如你是老太婆的話，那你就是世界上最年輕最美麗的老太婆。」閔清歪著頭說，一副調皮的樣子。

「想不到你倒很會說話。」她瞥了他一眼，他的話使她像在炎夏中喝下一杯冰水般的寫意。

「我想我有時還不太討人厭。」閔清很得意的說。「伍小姐，我再冒昧請問一句，你今天晚上有事嗎？」

「唔！大概不會有事情，你這樣問幹嗎？」她遲疑地說。

「要是伍小姐不覺得我太冒昧的話，我想請你出去喝咖啡。我知道有一家咖啡店有著很好的古典音樂唱片。」

「唱片不會在家裡聽嗎？我這裡有的是。」她淡淡地說。

「不過，到那邊去氣氛又不同了，而且，那裡的咖啡又香又濃，以前，我常常和同學去的。」他卻鍥而不捨。

「女同學嗎？」她微笑著問。

「不，全是男同學。」他一本正經地回答。

她本來還想問他有沒有女朋友的，但又覺得這不應該是一個剛認識不久的朋友所講的話，便住口了。

「怎麼樣？伍小姐肯賞光嗎？」他熱切地望著她。

「也好，出去走走也好，反正房間裡悶熱得很。」

「謝謝你，伍小姐，我們吃過晚飯後出發。」他滿懷欣悅地向她彎彎腰，便走向正屋去。

閔清的話果然不錯，他帶伍懷冰去的那家咖啡室氣氛真的很幽雅。淡綠的天花板和牆壁，杏黃色的桌椅，壁上間隔得宜地掛著些世界名畫的複印品，每個座位上都有一瓶或一盤插花，而且插得很藝術。

一走上樓，伍懷冰就讚嘆不已。樓上沒有幾個顧客，在座的都是大學生模樣的男女青年。電唱機正播放著一首很柔美的樂曲，伍懷冰聽來很稔熟，但一下子卻想不起它的曲名。

「這首曲子是什麼？」他們剛坐下來她就問。

他正愣愣地望著她呢！她問了兩遍他才聽見。

「哦！是柴可夫斯的〈羅蜜歐朱麗葉序曲〉，他不是你最喜歡的作曲家嗎？」他帶著抱歉的微笑回答。

「你懂得比我多嘛！這首曲子你喜歡嗎？」

「啊！不多，不多！我寧願喜歡他那首〈一八一二年序曲〉。」

「到底是男人，就喜歡與戰爭有關的或吵吵鬧鬧的。」

「嗯！」他又是愣頭愣腦的。

「閔先生，你好像有點魂不守舍的樣子，你是不是有什麼心事？」伍懷冰驚慌地望著面前這個眼神茫然的年輕人。

「我沒有心事，伍小姐，是你的美把我懾住了。」閔清悠悠地嘆了一口氣。

今夜的伍懷冰，破天荒地披著長髮出門，也破天荒地穿著洋裝。她用一根很寬的淡紫色的帶子把頭髮從頭頂上束住，身上穿的是一件式樣很簡單的同色舊洋裝，蒼白的臉沒有任何化妝，只抹了淡淡的口紅；這樣的打扮，使她年輕了十歲，看來還像個女學生的樣子。

「我美？」這回輪到她愣住了。她忽然想到了幾年前穿著紫羅蘭色紗禮服登臺演唱的自己。美？該是那個時代的事了。

「真的，伍小姐，請相信我不是那種一看見女人就瞎捧的男人，事實上，我也沒有和女人交遊過。我覺得，你雖然沒有世俗說的漂亮，但是自有一種飄逸的風姿，你有點像奧黛麗赫本，瘦伶伶的，楚楚動人！」他像在欣賞一幅圖畫似的，滔滔不絕地說，露出一口雪白的牙齒。

她沒有說話，臉上有著又似羞怯又似憂傷的表情。「一看見女人就瞎捧的男人」，他當然不是，可是我卻遇到過了。姓馬的，但願我能把你完全忘了！

「伍小姐，我說的話沒有得罪了的吧？」看見她不說話，他有點急了。

「沒有！啊！沒有！」她擠出一個美麗的微笑，也擠出一滴痛苦的眼淚。

「你想聽什麼音樂？我去點。」他又巴巴地說。

「你懂得比我多，你說吧！」

「不，你是客人，我要聽你的意見。」

「那麼，點〈愛情的煩惱〉吧！好久沒有聽了，不是嗎？」她自言自語的。

清脆的女高音嗚著：「……燃燒的火燄，週而復始，現在又洶湧充塞我心，……夜裡日間，時時刻刻，都感到迷惘，無法安寧，……」

他們對啜著咖啡，他的加了糖和牛奶又香又甜又濃；她的卻是苦澀的黑咖啡——她在咀嚼過去的愛情的煩惱。閔清默默地注視著她，心裡想：這個女人一定有著愛情的煩惱。

然而，伍後冰的心卻飛回到幾年前去。她，穿著紫蘿蘭的紗衣，曼聲地唱著〈愛情的煩惱〉，當她回到後臺時，一個陌生的男人在等著她。

六

他們第二次來到那家咖啡室，坐的還是同一的座位。這一次，閔清沒有徵求她的意見，自己逕自去點了一張唱片。

音樂響了起來，閔清問伍懷冰：「這一首你喜歡嗎？」

伍懷冰愣了一下，側著頭聽了幾秒鐘，然後恍然大悟的說：「哦！貝里奧斯的〈幻想交響曲〉。對不起！我對這一首沒有研究，談不上喜歡不喜歡。」

「這是我心愛的曲子之一，我特地介紹給你欣賞的，你聽聽看。它充滿著浪漫的氣氛，有點神祕，跟其他的交響樂不同；當然，旋律也是極優美的。」

「怎麼？你又擯棄了華格納了？」她笑著說。

「我喜歡的音樂家並不止華格納一人，貝多芬、莫札特、修曼、布拉姆斯、舒伯特、孟德爾松，還有你的柴可夫斯基和拉哈曼尼諾夫我都一律喜歡。啊！還有，那位熱情奔放的李斯特和憂鬱的蕭邦，你一定也喜歡吧？」閔清眉飛色舞地說。

「我喜歡蕭邦。」

「你老是喜歡憂鬱的旋律，有一天，我希望你也喜歡李斯特。」

「我也希望如此。」她的嘴角牽動了一下。

「伍小姐，我聽我舅媽說你在一家貿易公司裡工作。」閔清一雙深湛的眸子直直地注視她。她今夜仍然披散著頭髮，不過，今夜的壓髮帶是黑色的，身上穿的是一件淡灰色的旗袍。

「嗯！我在那裡當打字員。」她避過他的眼光，又問：「你在那裡工作？」

「我現在是無業遊民。伍小姐，我認為你今天假如用紅色的或者是綠色的束髮帶多好！」

「那不是我的年齡應該用的顏色。」

「你為什麼常常喜歡把自己說得像老太婆似的呢？其實，我看你還沒有我大。」他還是目不轉瞬地望著他。

「你二十幾歲了？」她像個大姊姊般的問。

「二十三。」

「我比你大，你應該叫我大姐才對。」

「我不要叫，你會更加倚老賣老的。」他啜了一口咖啡，又問：「你是從什麼時候開始喜歡古典音樂的？」

「我也不太記得了，大概是初中時代吧？有一位音樂老師常常放一些世界名曲給我們聽，我慢慢就愛上了音樂，後來，高中畢業之後，我就——」她說到這裡突然的掩著嘴。

「後來怎樣了？說下去嘛！」他用近乎哀求的聲音說，還握住了她放在桌上的一隻手。

她把手掙脫了，說：「不要說算了，我對你毫無認識，何必滔滔不絕地把自己的過去都搬出來呢？」

「你要知道我什麼？我先說！我說完了你才說，這樣總算公道了吧？」他像個孩子似地懇求著她。

她笑了笑。「我又不是要調查你的身世，我並不想知道你什麼！」

「你不問我就自動報告出來。你聽著：閔清，現年廿三歲，江蘇吳縣人，臺大化學系畢業，未婚。這樣夠了沒有？」他一本正經地說。

她噗哧地笑了起來：「你這是在做什麼？在背自傳還是履歷片？」

「現在論到你了！」他認真地說。

「強迫小姐說出她的年齡是不禮貌的事，我對年齡可以保密嗎？」他的天真感動了她，她也稍稍的幽默了一下；不過，在內心中卻是感到陣陣的隱痛。

「當然！當然！伍小姐，我不要你也背自傳，你只要繼續說你高中畢業後怎麼樣就行。」

「我承認我在求學方面是不如人的，我不像你們那樣能順利的考上大學，我只有在自己的能力範圍之內去讀音樂專科。」提起了往事，她便覺黯然。

「主修的是——」他急急地問。

「聲樂。濫竽充數而已。」

「啊！什麼時候你一定得唱給我聽，你的聲音一定很甜美。」他目光如醉。

「正好相反，我的聲音像破鑼一樣。」

「你騙不了我的，從你談話的聲音我就聽得出你的歌喉。不過，我又冒昧的問一句，學聲樂的人卻去當打字員，不太可惜了嗎？」

她矍然一驚，立刻強自鎮靜下去，裝著笑說：「這就足見我唱得不行呀！」

「你的派頭也不像個打字員。我第一次看見你的時候，我就覺得你像個女畫家、女詩人之類，不流凡俗。」

她又是噗哧一笑。「那大概是由於我像老處女的關係吧？閔先生，我說你的眼光也未免太差了。」

「不，我第一次看見你的時候，你是像現在一樣披散著頭髮的，第二次才梳起那種老處女髮型。你以後別再梳那種髮型好不好？那會埋沒你的真美。」

「那種髮型才配合我的身分嘛！」

「不要跟我開玩笑。你公司的男同事有人在追求你嗎？」

「大家在背後都叫我老處女。告訴你，我上班時還戴起眼鏡哩！」

「那些人真是有眼無珠！」他長長地呼了一口氣。「哎喲！〈幻想交響曲〉都快播完了，我們簡直都沒有聽進去，多可惜！算了，兩個人談談比聽音樂更有意思，你再談談你自己好嗎？」

「為什麼一定要談我呢？談你不好嗎？」

「我沒有什麼可談的，一個才畢業不久的學生。」

「你對前途有什麼計畫？」

「我在等候工作。」他垂下了眼皮，把杯中剩餘的咖啡喝光。

「你們是專門人才，還愁沒有工作嗎？現在又輪到我要問你了，一個學化學的人怎麼會懂得這麼多的音樂常識呢？」

「這也不算懂得多，我只是愛好而已。你要知道，我們整天與玻璃瓶和試管為伍，生活多枯燥！不調劑調劑怎麼行？」

「只靠音樂來調劑嗎？」

「我也很喜歡看電影，有時也打打球，看看球賽。」

「此外呢？」

「就什麼嗜好也沒有了。你呢？除了聽唱片，還喜歡做些什麼消遣？」

「我只喜歡看文藝片，可是一個人看也沒有什麼意思。」

「從現在起我可以陪你看了。」他含情脈脈地望著她。

「你老是陪我出來，不怕有人妒忌嗎？」

「有誰會妒忌呢？舅舅？舅媽？他們才不會，他們不會要我陪的。」

「女朋友？」她終於說出了口。

「我不是說過我沒有和女性交遊過嗎？你為什麼不相信我？」他露出發急的樣子。

「這真是令人難於相信啊！一個這樣漂亮的青年人會沒有女朋友？」她故意逗他。

「這正如我不相信你沒有人追求一樣。」他有點生氣了。

「好了！好了！我們現在大家彼此相信好嗎？」她像哄小孩一般的哄著他。

「伍小姐，啊！讓我叫你懷冰好嗎？懷冰，你真不知道我有多麼痛苦，我所說的一切都是認真的，我希望你不要和我開玩笑。我——我——」他用一雙火熱的眸子凝視著她。到了最後，他頹然地把頭埋在雙掌中，說不下去了。

她伸出手，想撫摸他那從指縫中垂下來的黑髮，但是，又終於縮了回去。她在心裡喊著：「閔清！閔清！不要以為我不明白你的心意，可是，我不敢，也不配接受你的愛情啊！你的痛苦是什麼呢？是不敢表達你的愛意嗎？我但願你知道我的痛苦比你多出千萬倍，那麼，你的痛苦就將不會再折磨你了。」

七

那雙鮮血斑斑、穿著紅色舞鞋的玉腿從銀幕上消失了，燈光復明，人群前推後擁地紛紛走向出口，伍懷冰猶迄自坐在椅子上，用手帕不斷的擦著眼睛。

「懷冰，對不起！我不應該提議看這部片子的，又惹你難過了。」閔清坐在她旁邊溫存地低語著。

「不，是我喜歡看的。你猜我看《紅菱豔》看了幾次？五次！」她抬起頭來向他一笑。

「五次有什麼稀奇？人家看《梁山伯祝英台》還有看到三十多次的哩！」閔清也笑了。

「那是王大媽之流才會那樣瘋狂。」她站了起來說。「讓我們走吧！人家要關門了。」

走出戲院，晚涼吹送，下弦月剛剛升起，夜街上寂寂無人，境界似乎很幽靜，兩人都深深吸了一口氣。

「懷冰，假如你不累的話，我們散步回去好嗎？」

「好呀！我也很喜歡散步的。」他們默默地走了一會兒。

閔清說：「我不知道你有沒有這個感覺？當劇中的女主角爬上那似乎數不盡的石階到山上去見團主時，我也覺得全身疲累到不能動彈。第一次看的時候這樣，以後也是這樣。」

「為什麼呢？是不是你的同情心特別強？」

「不是的。我對這部電影的看法是，它完全是採用象徵的手法。女主角本身、女主角的丈夫，還有那團主都是對藝術有著狂熱的人；那雙紅舞鞋是藝術的象徵，這些人都是不惜以生命來完成他們的藝術作品。至於那無限高的臺階，不正是象徵著人生的道路或者是成功的階梯嗎？我們活在世界上一日，就得一步一步的往上爬，雖然我還不老，但是，不知怎的，我已覺得很累了，有的時候真寧願就此停下來。你呢？你有沒有這樣的感覺？」

「想不到你這個讀化學的人倒是滿腦子的哲學思想。我承認我是個俗人，也是個與世無爭的人，我不求聞達，不求上進，所以倒沒有累的感覺。」

「那麼你為什麼這麼喜歡這部片子呢？」

「我也說不出為什麼，我只是覺得它很使我感動，因為我一向就是喜歡悲劇的。」

「我以後不要你再看悲劇，我喜歡你笑，你笑起來是很美麗的。」他一雙手輕輕摟著她的肩膀，她也沒有反抗。

「懷冰，我希望這條路永遠走不完。」

「為什麼？」

「因為這樣就可以永遠和你在一起。」他俯下頭在她耳邊說著。

「永遠跟我在一起又有什麼好處呢？」

「我不願意像別的男人那樣說因為你美麗啦！甜蜜啦！可愛啦！用花言巧語來搏取女性的好感。我只是喜歡你，無條件的喜歡你，我從第一眼看見你起就喜歡你了。啊！懷冰，你知道嗎？我在偷偷的愛著你啊！」他把她摟緊了一點。

下弦月躲到雲層裡，他們正走到一根柱子後面，街道很暗，四面都沒有人。他停下腳步，突然把她摟入懷中，也不知從那兒來的勇氣，他竟然大膽地吻了她。

「懷冰，我要你嫁給我！明天，我們立刻去結婚。」他一面吻著她的眼皮、她的鼻頭、她的面頰和她的耳根，一面喘息著說。

在他熾熱的懷抱中，她全身軟綿綿的，昏亂得說不出說來。

「冰，答應我！答應我呀！」他又吻著她的嘴唇說。

「不！不！不要這樣！」她掙扎著離開他的懷抱，也是氣喘喘的說。

「你不答應我？」他握住了她的手臂，他的手指有力得像個鐵箍。

「不是這個意思，這件事我們得從長考慮嘛！」她用手整理著凌亂的頭髮。

「還考慮些什麼呢？只要你我相愛就行了。懷冰，你愛我嗎？」他緊緊地握著她的手臂問。

「我——我比你大，我也不是大學生，我配不上你的。」

「我不准你這樣說。你還沒有回答我的話。」

「閔清，我先問你，你的舅舅和舅媽知道我們的事情嗎？」

「我沒有和他們談過，他們知道又怎樣？他們不會管我的。」

「因為他們一定認為我們不相配的，我看起來比你大得多了。」

「你到底比我大多少？現在總不應該再保密了吧？」他又去吻了她的耳朵一下。

「我雖然只比你大兩歲，但是，看起來起碼比你大七八年，我真不應該和你一起玩的。」

「你心裡到底是怎麼想法的嘛？兩歲算得了什麼？只要你不再梳那種老處女髮型，誰又會說你老？」

「你的父母方面呢？你想他們會不會同意？」

「我的父母都很開通，很民主的，他們絕對不會阻撓。何況，我已經大學畢業了？」

「可是，你還太年輕，又何況，你還不能獨立？」

「我們可以先訂婚，等兩年後再結婚。」

「兩年後？」她心裡一驚，兩年後我都快三十了。

「冰，我本來不想先講出來的；但是，我現在也沒有辦法再祕密下去了。秋天我就要出國去，我不願意失去你，你快答應我呀！」他的聲音在顫抖，握著她的手也顫抖。

「出國？那一國？是唸書嗎？」她突然感到一陣暈眩，不是他挽著她，她可能會倒了下去的。

「準備到美國再唸兩年書，大概九月間就要啟程了。」

她忽然大怒起來：「那麼你剛才為什麼要求我明天就去結婚？」她用力摔開了他的手。

「我——我。」他愕然，一時竟回答不出來。

「你說著玩的是不是？」她冷笑著。

「冰，我願意向天發誓我是真心的。」他急得滿頭大汗。

「後來為什麼又變成了先訂婚呢？」

「那是你說我還沒有獨立能力，我想想也對，所以只好把結婚往後延了。」他不明白她為什麼忽然變得這樣認真。

「我的留學生，你還說不是說著玩的？你根本毫無計畫，毫無誠意，一切只是憑著一時的衝動，一時的熱情；馬上就要出國了，還不讓我知道，這又是什麼意思？」眼淚在她眼眶中打滾，但是她不讓它落下來。

「冰，請你一定要相信我，我不是想騙你，我只是不願意像很多人一樣打起出洋的幌子來唬人，你為什麼不明白我的心呢？」他又去握著她的手。

她用力的把手扎掙脫。「當然，閔先生，我們只不過是鄰居的關係，我無權過問你的一切，剛才我說的話你就當作我沒有說過好了。謝謝你的電影，再見！」說完了，她就急步往前走。

他追向前，喊了她兩聲，她也不理。他們所居的巷子已經在望，他恐怕遇到熟人，只好慢下了腳步。

八

紫色的暮靄籠罩在室中，電唱機上的唱盤在轉動，拉哈曼尼諾夫第二號鋼琴協奏曲的柔美而哀傷的旋律在黃昏的空氣中迴蕩。她，穿著紫色的衣衫，披散著長髮，懷中抱著隻小貓，動也不動的倚在沙發上，像一尊雕像。

她又恢復獨自渡過寂寞的黃昏的生活了，一個，兩個，這是她第三個孤寂的黃昏，自從那天晚上和閔清鬧翻了開始。在這之前，他們曾有過多少個歡樂的黃昏呀！她和閔清曾經手携著手在幽靜的小巷中、河畔、橋上，或在植物園中漫步著。他們似乎有談不完的話，不說別的，光是音樂就夠他們談幾個晚上的了。有時，他們到那家咖啡室去聽唱片；有時，去看一場兩個人都愛看的電影；有時，乾脆那裡也不去，煮一壺咖啡，兩個人就在她的房間裡聽音樂，往往一聊就聊到十二點。

可是，這三天的情形卻完全不同，她一大清早就去上班，晚上回家，又立刻把自己關在房間裡。前兩天，她回來時都聽到他在他自己的房間裡聽唱片，出乎意外的他居然也在聽柴可夫斯基的〈悲愴交響曲〉，另外一天則是蕭邦的夜曲。她走進自己的房間，坐在貼住他房間的椅子上凝神細聽，不禁流下了眼淚。音樂完了以後，她聽見他走出房間，到她的門前來敲門，她的心狂跳著，淚水縱流著，但是卻用力的咬著嘴唇不去開門，他默默的等了一會兒，便走開了，兩夜都是如此。

今夜他為什麼不來呢？他再來敲門我一定給他開。我回來時他的門是鎖著的，又一直沒有音樂聲，他不在家，他一定生氣了，他不會再來的了。啊！閔清！我的小愛人！你明白我的心嗎？我這樣做是為了你好呀！我是個不值得你愛的女人，你忘了我吧！

拉哈曼尼諾夫的第二號鋼琴協奏曲奏完了，她站起來又把它重頭播一遍，當它奏到了第二個樂章，音樂到了最蕩氣迴腸的時候，彷彿聽見門上被人輕叩人兩下。她還沒有來得及去答應，門已被推開，同時露出了一角托盤，她想是阿梅送晚飯來，也就坐著不動。

送飯的人一走進房間就用腳向後把門踢上，她被這重重的關門聲一驚，抬頭一望，更是嚇得一顆心差不多跳到了喉嚨口。那裡是阿梅嘛？捧著托盤站在昏暗的昏色中，兩隻大睛眼閃著光芒，正深情地望著她微笑的竟是他！

「你──你──」她一手拊著胸口，說不出話來。

他沒有答話，把托盤放在桌子上，就走向她。她驚疑地本能的把身體縮成一團，他卻是一下子就蹲了下來，緊緊抱住她，把頭埋在她的胸前，像嬰兒睡在慈母的懷裡。

「冰，你為什麼要拒絕我？失去你我會死的啊！」他呢喃地說。

她撫摸著他濃密的黑髮，用纖長的手指替他梳理著，就像是撫摸著那隻小貓一樣。大滴大滴的淚水沿著她的面頰流到他的臉上，他把她的臉捧向他的臉，用舌頭舔乾她頰上的淚水，當他的嘴唇接近她的嘴唇時，它們彼此膠合著，久久不能分開。

周遭已黑暗得不能分辨東西了，他放開她站了起來，把電燈打開，一面說：「冰，你一定餓壞了。」

「不，我一點也不餓。」她的聲音聽來很嬌柔。剛剛打開的電燈特別亮，他回過頭去疑視著她，在明亮的光線下，她雙目如醉，平日蒼白的雙頰也露出了紅暈。黑髮蓬鬆地垂在額前和兩肩上，顯得她的紫衣更豔，也顯得她更年輕。

「冰，你來看看你有多美！」他定向她，把她擁到鏡前。她略略向鏡子掃射了一眼，便踉後退。也許我還不老，但是和他站在一起，他還像個孩子，而我卻是多麼憔悴！一個飽歷風霜的女人，外形和心境都總是比她的實際年齡要老的啊！

「你為什麼不多看看你自己呢？當你認識了自己的美之後便會把自信心加強了。」他低頭吻著她的額角說。她倚在他的懷抱中，他的一隻手環抱著她的細腰。

「我有自知之明，從來不愛照鏡子的。怎麼樣？你到底吃過飯沒有？怎會忽然想到當我的下男的？」她仰著頭愛嬌地問。

「我願意一輩子當你的下男，只不知你肯收我不？冰，你不知道，這三天想死我了，你為什麼一直不肯開門？假如我不這樣闖了進來，你難道就永遠不理我了？」他又吻著她的鼻尖。

「你吃過飯沒有嘛？」她忽地推開了他。

「我還沒有吃，你願意請我嗎？」他走到桌前，把托盤上的罩子掀開。「我知道你今天有好菜。」

她微笑著走過去，看見托盤上有兩副碗筷，知道是他準備好了的，也就沒有再說話，開始盛飯。

他們面對面的坐著，小貓咪蹲在她的腳邊。他們吃得很慢，也不多講話，只是微笑著，不斷用眼睛交換著心靈的蜜語，他們都有一個奇異的感覺：為什麼這一頓飯吃得比任何時候都美味？

「冰，我願意永遠能夠這樣和你對坐著吃飯。」他給她挾了一塊魚肉，深情款款地說。

「你剛才不是說要一輩子當我的下男嗎？下男又怎能跟女主人同桌吃飯？」她故意逗他。

「我要做你的下男兼丈夫。」他也故意壓低了聲音。

「不要臉！」她用筷子劃著臉羞他。

「冰，你答應我好不好？」他突然的說。

「答應你什麼？」她明知故問。

「答應和我結婚，我寧可放棄出國。」

「你瘋了？再說瘋話，我要趕你出去了。」

「我不是說著玩的，我已考慮了三天三夜。想想看：人生所為何來？碌碌一生，不過數十寒暑，就算名成利就，如果內心不快樂，又有何意義？我既然和你在一起感到幸福，我為什麼要為了一個虛名而放棄了你？再說，那個虛名也不是唾手可得，我還要苦鬥兩年才得到的呀！啊！兩年，兩年太悠長了，我不敢去想像。冰，我求求你，成全我吧！我們明天就結婚去！」說完了這一大堆話，他離開他的座位，跑到她的面前，又像剛才那樣把她抱住，把頭埋在她的胸前。

他聽見了她的心跳得很急促。

「閔清，也許你的話說得很對。但是這件事關係太重大了，我們不應該這樣倉促的決定，你讓我考慮考慮再答覆你好不好？」她心旌搖動，都幾乎被他的話打動了。不過，表面上她卻裝得很鎮定。

「可是，你一定要答應我啊！時間無多了，冰，你在三天內一定要答覆我，我不准你說不！」他把她更抱得緊一點，使她差一點就無法呼吸。

她又是一陣心驚，「時間無多了」，他到底是念念不忘這件事的。當然，出國鍍金是每一個青年人的美夢，即使是愛情也無法與之權衡的。我多傻！為什麼就把他一時衝動的話當真呢？她溫柔地撫弄著他的頭髮，淚水又無端地淚淚流了下來。

九

他側身睡在她的身邊，臉朝著她。在床頭燈淡紅色的微光中，她可以看到他稚氣的臉似乎帶著滿足的微笑。她湊過臉去吻了吻他的眼皮，他睡得是那麼甜，絲毫沒有察覺到。他夢中看見的是什麼呢？為何那麼喜悅？是他獲得了博士學位？還是……

窗外還有著陣陣風聲，巨大的雨點像一大把豆子撒在玻璃上，發出噠噠的聲響。要發生的事終於發生了，它來得那麼突然，那麼急亂，就像剛剛過去的那場暴風雨。現在，事情過去了，她幾乎已記不得它是怎樣發生的。

幾個鐘頭以前，他們還是對坐在小几的兩旁啜著咖啡，唱機上播著的是李斯特的匈牙利狂想曲，急遽的旋律洋溢著無限熱情，正像他們的兩顆心一樣。明天就是限期的最後一天，因此，閔清喃喃不絕地在哀求著伍懷冰一定要答應，她卻要他不要在這個時候囉嗦，以致影響了她對他的印象。

天氣很悶熱，天畔隱隱傳來輕雷。他們把窗子和門全部敞開，開了電扇，還是感到燠熱難當。他不停地擦著汗。

「熱嗎？」她關切地問。

「只要和你在一起，我什麼都不怕，熱算得了什麼？」

「好一張油嘴！」她甜甜地向他一笑。

窗外門外忽然起了一陣狂風，捲進來一大堆沙石。他高興地說：「熱極生風了，總算老天有眼！」

話還沒有說完，又是一陣狂風，把房間裡所有的紙張和桌巾之類比較輕的東西全都吹亂了。閔清忙不迭地去關窗關門，正在這個時候，外面就嗒嗒地了起雨來了。

「好了！好了！下雨啦！今天晚上可以好好地睡一覺了。」他又是高興地叫著。

她看看錶，快十一點了，就催著他說：「那你回去睡吧！也不早了。」

「不，還早嘛！讓我在這裡坐到十二點，假使你睏了，你先上床去睡，我坐在這裡替你放催眠曲。」

「算了吧！假公濟私！」她瞟了他一眼。

窗外閃過一道金蛇，跟著雷聲就轟隆轟隆地響著，雨開始傾盆的倒了下來。

「去看看你房間的窗子有沒有被雨打進去？」她說。

「OK！」他順從地去了又來。「我把窗和門都關好了，現在可以安心的再坐一個鐘頭了吧？」

一個巨雷在附近打了下來，她嚇得臉色蒼白，縮作一團。

「你害怕？」他問。

「不！」她搖搖頭。

正說著，忽然啪的一聲巨響發生在他們的頭上，同時，電燈也熄滅了，她房間的、窗外的，所有的燈光完全熄滅，他們頓時陷在一個黑暗的世界裡，轟隆轟隆的雷聲仍然不絕。

她尖叫了一聲，站起身來想衝到他身邊，剛好他也摸索著要過去陪伴她。很快的，兩個人抱在一起，卻把那張小茶几打翻了。

他緊緊地摟住她，兩個人偎依著坐在地板上。儘管周遭一片黑暗，風狂雨暴，但在他們的心眼中，看見的卻是個有著朗月和明星的良宵。長久的擁抱，環境的恐怖，使他們發生了相依為命的心理；霎時間，地球停止了轉動，時光停止了前進，他們在一個奇異的世界中迷失了自己，千萬年前亞當和夏娃的故事又一次地在這風雨之夜重演。

他翻了個身，又呼呼睡去。她拿起床側的小鐘一看，四點十分，快天亮了，得叫他回房去才行，這樣讓人家知道了算什麼呢？她推了推他，他動也不動，她想到他才睡了兩三個鐘頭，又不忍吵醒他。

床頭燈的紅光太耀眼，她拍的一聲把它揿熄了。討厭！這燈光照得我好難為情，倒是真的寧願永遠停電下去，我簡直不願意再看到我自己啊！

在閔清呼呼的鼾聲中她忽然想到了兩個人：馬大興和老頭子。啊！明天晚上我就得答覆他了，怎麼辦怎麼辦呢？

她把臉埋在枕中，像鴕鳥把頭埋在沙裡，她不願意再看到自己，也不願意看到任何人。她的心很亂，很想哭，可是淚泉似已乾涸，擠不出半滴淚水來。

一隻溫柔卻是強有力的手板著她的肩膀，把她的身體扳向另外一邊，同時，一張熾熱的臉也貼到她的臉上來。

「為什麼背著我哭？是不是很恨我？」他喃喃地說。

「我沒有！」

「明天一早我們就到法院去公證結婚。」

「不，期限還沒有到，我還沒有答覆你哩！」

「你還要考慮？」

「嗯！」

「那麼你一定是不愛我。」他撫摸著她瘦削多骨的肩膀。

「你等到今天晚上聽了我的答覆就會知道。」

「我不能等，一分一秒都不能等。」他完全像個撒嬌的孩子。

「不能等也要要等，記住，你是我的小下男，得聽話的啊！」她也用手撫著他的臉，在他的腮邊唇畔，她觸摸到那些還很柔嫩的鬢椿。

「冰，我的愛人！我的妻子！從現在起我再也不能沒有你了，失去了你我就活不成！」他吻著她的脖子。

風雨歇止了，處處有鷄啼的聲音。她推著他說：「你現在回房去，好好的睡到中午再起來，知道嗎？」

「不，我要在這裡睡！」他撒賴著。

「聽不聽話？當心今天晚上我不答應你。」她一本正經地說。

「好兇啊！我這個頭家娘！」他頑皮地伸了伸舌頭，深深地吻了她一下，然後無可奈何地爬起身來，跌跌撞撞的走回自己的房裡。

窗外露出微微的曙光，她的眼皮澀得睜不開，卻是久久不能入睡。

十

「你說，在那個姓馬的以後，你又和一個老頭子——」閔清臉色發白，把底下兩個字咽了回去。黑色的河水在他腳下緩緩地流動著，發散出一股不怎麼愉快的氣息。他的頭在發脹，在昏眩，假如他不是坐著的話，恐怕真會掉到河裡去。

她露出了一個慘然的微笑，但是他沒有看到，因為他只注視著在暮色中緩緩流著的深黑色河水。

看見她沒有回答，他心中又覺得不忍，他把環抱著她的肩膀的手收緊了一點，又說：「冰，說下去呀！你是怎樣認識那個老頭子的？」

「還不是為了要活下去？離開了姓馬的以後，因為不好意思在遠親家裡久住，我在這個同學家住三天，那個同學家住兩天，天天在報上的小廣告中鑽，想找工作，我本來打算連下女或女工也要做的。」

結果為什麼又會做了人家的外室的呢？女人為了活命，難道只有出賣靈肉這一條路好走嗎？閔清心裡這樣想著。

「後來就遇到了老頭子？」他說。

「他是一家百貨商行的老闆，我去他行裡應徵做售貨員，他說我的氣質和其他的女孩子不同，做售貨員未免委屈了我，他先僱用我做他的私人秘書，後來——」

「後來就金屋藏嬌了？」他接了下去。

「閔清，你在笑我？」她靠在他的肩膀上的頭俯得低低的。

「沒有，冰，我沒有笑你，你說下去吧！」他摟著她的手在溫柔地撫摸著她的手臂。

「你知道，我捱窮捱怕了，學生時代我已夠窮，嫁給姓馬的以後更是連起碼的溫飽都不能維持。閔清，我不求你諒解，假如你像我一樣嚐過貧窮的滋味，你也會渴望著有保障的生活的。啊！還有一點我應該告訴你的，我的喜歡音樂也是從那個時候養成的。」

「我不明白，你原來不是個學聲樂的學生嗎？」他把圍著她的手放開，詫異的問。

「不錯，我是學聲學的，但那時我還小，根本不懂音樂，無非是為了考不取其他學校所以才選了這一門罷了！當然，哼哼唱唱我是從小就喜歡的。和老頭子在一塊兒的時候，他怕我日子過得無聊，買了一部電唱機給我，也就是現在這一部，我聽古典音樂的興趣就是那個時候養成的。」

「你為什麼專門喜歡聽憂鬱的曲子，是不是為了懷念姓馬的？」閔清的聲音聽來很陌生。

「我不知道。我其實把他恨得要死，不過有的時候也難免會想起他。」

「讓我替你分析好不好？有恨必有愛，因為你愛他所以才會恨他，同時，他是你初戀的人，所以你忘不了他，你同意我這個說法吧？」他轉臉看著她，雙眼在暗中閃著光。

「閔清，不要逼迫我，我說過我不知道。」她用雙手掩著臉。

「那麼，你對老頭子的感情又如何？」他問。

「我和他只是一種商品買賣的關係，又那裡來的感情呢？」

「後來你是怎樣離開他的？」

「他死了，在我和他同居的一年多以後，這於我當然是個大解脫。他遺贈了我一筆現款和全部他生前送我的家具及衣物。這時，我對人生已看得很透澈了，我不想再捱餓，也不想再做寄生蟲，我利用手邊的一點積蓄過了一段日子，學會了打字，然後謀得了現在的工作。」

「你為什麼沒有再結婚呢？你的同事真的沒有人動你腦筋嗎？你是這樣的美麗！」他輕輕地撫弄著她擱在膝蓋上的一雙手。

「貧窮使我害怕，男人也使我害怕了，我已沒有勇氣再結婚——」

她才說到這裡，他就搶著問：「什麼？你沒有勇氣再結婚，這就算是對我的答覆嗎？」他緊抓著她的手。

「你再等半分鐘就知道答案了，我的話還沒有講完哩！我在行裡是以老小姐身分出現的，我從來不和男同事們聊天說笑，服裝保守，整天板著臉，行裡有的是年輕活潑的小姐，誰要找我這種老古董呢？這兩年來我的生活倒像一泓止水，平靜無波，雖然寂寞一點，但大致說來我還是應該滿足的。」

她說完了，掙脫他的手從石塊上站起身來，似乎是在表示她的話已經告一段落。

他也緊緊地跟著起來，握著她的雙肩，急急地問：「那麼你是，答應我了？」

她別轉了頭，遙望著無星無月的夜空，半晌，她才幽幽地回答：「不，閔清，我不能答應你。我是個一嫁再嫁的女人，我配不起你。」

她的聲音哽咽，兩行清淚沿著面頰流了下來。

他放開了握著她肩膀的手，頹然地問：「假使我不介意呢？」他的聲音是軟弱無力的。

「不管你介意不介意，我都不能答應你。」她走開一點，用手背擦去眼淚。

在微光中，他看到了這個動作，連忙走上前一步，把她擁抱在懷中，吻著她濡濕的臉說：「冰，不要哭！我不是那種始亂終棄的薄倖男人，我真心的愛你，只要你一點頭，我還是隨時願意跟你去結婚的。」

她像一隻受了傷的小鳥般在他懷裡顫抖著。

「你是不是覺得冷？到底是秋天了，夜深便有點涼意，我們還是回去吧！」他扶著她離開了河堤，走上大街上。

大街上靜謐無人，只有遠處一個賣麵的小販在「得得得」地敲著木板。他摟著她的腰，兩個人依偎著緩緩地走回去，一路上都是默不作聲。

快到家的時候，他說：「怎麼辦呢？我還有不到一個星期的時間了，你肯改變你的主意嗎？」

「閔清，你還是專心去準備出國的事吧！我又不是三歲小孩子，我不會再改變主意的了！假使你還願意和我做朋友，到了美國之後，偶然給我寄張明信片，我就會很高興的。」說著，她離開了他，奔跑著先回家去，一進了房間裡，就把門緊緊鎖好，熄了電燈上床。

她，忽然有了一個主意。

十一

依舊是紫灰色的黃昏，依舊是美妙的旋律，依舊是塑像般坐著的人兒，不過，這人兒的臉龐是更加消瘦更加蒼白了。以前，拉哈尼曼諾夫憂鬱悽惻的樂章使她想起了一個她曾經愛過而又恨過的男人；如今呢？那張可愛復可恨的狡獪的臉消失了，取而代之的卻是一張年輕的、清秀的、有著炯炯有光的大眼睛的臉。啊！閔清，我的小愛人，你才是我真正愛過的男人，我對你的愛是如此刻骨銘心，你知道嗎？我的遠隔重洋的小愛人啊！

一滴淚珠從她的睫毛間滑了出來，接著又是第二滴。近來，她常常流淚，她也不知道自己為何一下子變得這樣子不堅強。

「閣！閣！閣！」不知是誰在敲門，大概是阿梅要送飯來吧？但是她為什麼要敲門呢？

「進來！」她懶懶地應著。

門被推開，進來的不是阿梅而是房東太太。

「這麼暗還不開燈？伍小姐，你太省電了。」張太太說著就順手扭開了電燈。伍懷冰趕快用手背把眼淚拭掉。

張太太把胖大的身軀往她身旁一坐，沙發受了重壓，嬌小的她幾乎被彈了起來。

「阿清有信回來了，這裡有一封是給你的。」張太太交給她一個淡藍色的信封。

「謝謝你，張太太，閔先生一路上都很順利吧！」她的心狂跳著，握著信的手在發抖。

「總算是順利到了學校就是，他的信寫得很簡單，沒說什麼。我看他給你這封信倒挺厚的，你打開來看他說些什麼？」張太太拍著伍懷冰的大腿說。

她的心跳得更急促了。她站起身來，走到書桌前，藉口拿剪刀剪信口，把信離開了張太太的視線。

他一共寫了三張航空信紙，開頭這樣寫著：「冰，我最親愛的人兒」。

她背著張太太坐著，匆忙的讀著信，為了要使張太太早點離去，還沒有讀完就轉過身來裝著笑對張太太說：「閔先生這封信雖然長，可是大部分談的都是音樂，因為他一到了目的地就參加了一個音樂會，這封信就是講音樂會的情形的。」

「這個孩子簡直瘋了，老遠寫信回來，不談別的只談音樂，也不怕被人笑掉了牙。」張太太舒服服地靠在沙發上，毫無離去的意思。「你們這些年輕人呵！也真是奇怪！為什麼就喜歡聽這種洋人的音樂呢？吵吵鬧鬧的，那有咱們的京戲好聽？」

伍懷冰笑了笑，沒說什麼，去把電唱機關了。

「我說呀！阿清那孩子，雖然長得那麼高，可完全是孩子脾氣。本來嘛！他年紀也不大，要到明年端午節才滿二十三哩！他的父母只有他這麼一個寶貝兒子，打從他二十歲開始就逼他娶親，偏是這孩子眼界高，一個個女孩子都不中他意，他父母本來希望他娶了才出國的，但是他一個女朋友都沒有，給他介紹他又不要，都把他父母氣壞了。」張太太似乎越說越起勁。

「你說閔先生從來不曾有過女朋友？」她小心地問。

「可不是嗎？這孩子就是怪，怪得不近人情。」張太太瞇著眼看了看伍懷冰說：「伍小姐，我看阿清對你倒挺有好感的，假使你年輕個十歲八歲，你有廿八九了吧？身體又不這麼弱的話，和他倒是一對哩！伍小姐，恕我多嘴問一句，你為什麼還不結婚呢？是和阿清一樣眼界太高嗎？」

雖然明知張太太的話是善意的，但她仍然有著被侮辱的感覺。她強抑著眼中的淚水說：「我是個獨身主義者，這一輩子，再也不會結婚了。張太太。我頭痛得很厲害，想睡一下，請你出去好嗎？」

張太太慢吞吞地站起來說：「你不舒服就睡一下吧！可是別睡著啊！阿梅馬上就要送飯來了。伍小姐，你身體不好，我勸你還是要結婚才對，很多女人一結了婚生了孩子，就會由弱轉強的。」

「張太太，我不想吃飯，請你叫阿梅不必送了。」她說。

張太太還想說話，看見她痛苦地伏在書桌上，只好訕訕地走了出去。

愛饒舌的胖老太太一離去，她立刻把門鎖好，回到書桌前讀信。她一面讀一面流著淚，淚水滴到信箋上去，使得好幾處字跡都模糊了起來，變成朵朵美麗的藍色小花。

冰，我最親愛的人兒：

我去國前的那幾天，你到底躲到那裡去了？舅母告訴我你旅行去了，但是我知道你一定是在躲我。我知道你是愛我的，為什麼要這樣折磨你自己呢？那天，我的父母從南部趕來和舅父母一起去送我上船，在基隆的碼頭上，我一直伸長脖子在等你，到了最後一分鐘，才絕望的上船。冰，在旅途中我無時無刻不在想你，你也在想我不？

今天，我已搬進學校的宿舍，辦好了報到手續。此刻，我在異國的燈前寫信給你，同房的是個韓國青年，他已睡得鼾聲如雷，似乎毫無鄉思，真使我感到奇怪。

你說你在認識我以前生活很寂寞，現在我又走了，遙想你一定夜夜獨坐房中，默默地聽著唱片，只有小貓陪伴著你。想到這裡，我便覺心痛。當時你為什麼不挽留我叫我不要走呢？只要你說一聲，我便會留下來的。我留下給你的唱片你愛聽嗎？希望你不要老聽那些憂鬱的調子，你不妨聽聽莫札特、貝多芬、華格納和李斯特，他們那些歡樂的、雄壯的、豪邁的以及熱情奔放的樂曲會使你振奮的。

愛人，我在想念你，想念你美麗的大眼睛和黑緞子似的頭髮，還有那使我永矢不忘的風雨之夜。你有照片嗎？寄一張給我好不好？我要把你的倩影擺在書桌上，驕傲地對我的異國朋友說：「這是我的未婚妻。」啊！不，我會說這是我的妻子。冰，我在心中已默認你是我的妻子了，請不要再說「不」了，等著我回來吧！假如你還愛我的話，兩年後就是我們的佳期。

夜已深了，還有很多事情等著要做，就此打住吧！有空我隨時會有信給你的。祝你有個甜蜜的好夢

你的清上

信箋上的藍花愈來愈多，現在，她已支持不住，倒在床上痛哭起來了。這封信是何等的情意綿綿呵！他是真心的嗎？不過，他又何須騙取我的感情？我已拒絕了他，而他也走了，一了百了，又何必拖泥帶水呢？他是真心愛我的，我為什麼要往牛角尖裡鑽呢？啊！伍懷冰，不要自作多情，「要是你年輕個十歲八歲，要是你身體不這麼弱……」這是第三者的看法啊！旁觀者清，你別自我陶醉好不好？閔清還是個孩子，這封信是他一時感情衝動、熱情尚未冷卻時寫的，你居然當真？等著瞧吧！要是兩年之內他封封信如此，你就準備做新娘好了。不過，據我的看法，你的美夢是十九成空的。

十二

閔清：

接到你的信好久，一直沒有空回覆，因為我已搬家了。原來住的地方給我感觸太深，使我無法住下去，現在，我搬到郊區去，我的房間是獨立在房東的花園裡的，除了房東一家，別無其他房客，我想，這次大約不會再給我惹麻煩了吧？一笑。

新居環境很幽雅，房間外面種著花木，推窗可見遠山，空氣很好，我相信這將會有益於我的健康。除了原來的小貓外，我又養了一隻胖敦敦的小黄狗，下了班回來我便得忙著照顧這兩個小傢伙，也沒有時間發愁了。

現在，我對世事似乎已看破了，發愁有什麼用呢？好好的活下去才是最重要的事。我打算利用晚間的時間去讀點英文，充實自己；如果還感到無聊的話，說不定我會去抱個嬰兒回來，你笑我發瘋嗎？

你現在對新環境一定已經習慣了吧？牛油麵包還吃得來嗎？我希望你不要胡思亂想，一切應以學業為重，才對得起國家和父母。兩年後，假使我們仍有緣相見的話，我們仍是好朋友；不過，你不必因為道義關係而惦念著我，我很坦白的說，我絕不會因此

而要脅你結婚的。你如果遇到了合適的女孩子，就快點完成你父母的宿願吧！老人家都是喜歡早日抱孫的，不是嗎？餘不一一，祝

珍重

懷冰上

寫完了信，她站起來伸了個懶腰，才發現室中暮色已濃。今天是星期日，午飯後躺在床上看小說，看看竟睡著了。醒來後開始寫信，那個時候天空還是很亮的，想不到一封信寫完已是黃昏。

窗外那片天空，像是被誰倒翻了染缸，紅一片、黃一片、紫一片的，絢爛斑駁，又彷彿是一幅象徵派繪畫。遠山已模糊得看不清，紫色的從田野上，從山林裡飄過來，她窗前的樹影漸濃，室內也漸漸昏暗。肚子還不餓，且慢著去做飯，讓我先聽張唱片，享受享受寧靜的黃昏。

她扭亮了床頭的小燈，粉紅色燈罩下射出粉紅色的燈光，使得這小室中有了一種朦朧的美。她走到電唱機前，隨手抽出一張唱片，也不看看是什麼曲子，就放到唱盤上。她常常是這樣，不能決定聽那一張唱片時，就用抽的方法。

她捧著一杯茶，坐到窗前的沙發上。當唱盤旋轉出兩三節樂句後，她不禁呆住了。是《羅密歐與朱麗葉》序曲，是她和閔清第一次出去在咖啡室中所聽到的音樂，這張唱片也是屬於閔清的。很快地，憂傷而纏綿的旋律抓緊了她的心弦，剛才寫信時強作愉快的心情又化作烏有。她的嘴角抽搐了一下，露出一個苦笑：換了一個環境，多養了一隻小狗，我真的就不寂寞了嗎？我又真的看破了世事，不會再發愁了嗎？

在信中騙騙閔清可以，可騙不了自己啊！噢！羅密歐！噢！朱麗葉！你們這對千古的大情人，我自悲不暇，又那有心情為你們悲呢？

她點起一根香煙，仰頭靠在沙發背上閉目冥想。白色的煙圈一個接一個地從她兩片薄薄的嘴唇中嬝嬝升起，然後消失在粉紅色的陰影裡。今後我的歲月將會是怎麼樣的呢？她忽然地想。然後，她彷彿聽見有一個聲音在回答：今後，你的歲月將是一串的寂寞，你是憂愁的化身，一輩子也快樂不起來的。

一個、兩個、三個……七個……十個……十五個……三十個……九十個……一八十個……三百六十五個……以至無數個的黃昏將在寂寞中渡過，紫灰色的暮靄、柔美的音樂、塑像般的女人、白色的煙圈，將永遠是這些寂寞的黃昏的點綴。常然，這些寂寞的黃昏也許會有小貓在叫，有小狗在跳，籠裡有翠鳥低吟，缸中有金魚游泳，也許還有嬰兒的哭和歡笑，抱來的甚至是她自己的，又有誰能逆料？生命原是個未知數啊！

假如你也像她和他那樣喜愛古典音樂，而又喜歡格雷格那首A小調鋼琴協奏曲的話，在樂曲中，你將可以體會出一個寂寞的人在朦朧的紫色的黃昏裡的心情了。啊！紫色的音樂，紫色的女人！

民國五十三年《皇冠雜誌》

畢璞全集・小說08　PG1333

寂寞黃昏後

作　　者	畢　璞
責任編輯	陳佳怡
圖文排版	周妤靜
封面設計	楊廣榕

出版策劃	釀出版
製作發行	秀威資訊科技股份有限公司 114 台北市內湖區瑞光路76巷65號1樓 電話：+886-2-2796-3638　傳真：+886-2-2796-1377 服務信箱：service@showwe.com.tw http://www.showwe.com.tw
郵政劃撥	19563868　戶名：秀威資訊科技股份有限公司
展售門市	國家書店【松江門市】 104 台北市中山區松江路209號1樓 電話：+886-2-2518-0207　傳真：+886-2-2518-0778
網路訂購	秀威網路書店：http://www.bodbooks.com.tw 國家網路書店：http://www.govbooks.com.tw
法律顧問	毛國樑　律師
總 經 銷	聯合發行股份有限公司 231新北市新店區寶橋路235巷6弄6號4F 電話：+886-2-2917-8022　傳真：+886-2-2915-6275

出版日期	2015年5月　BOD一版
定　　價	340元

國家圖書館出版品預行編目

寂寞黃昏後 / 畢璞著. -- 一版. -- 臺北市 : 釀出版,
2015.05
面 ;　公分. -- (畢璞全集. 小說 ; PG1333)
BOD版
ISBN 978-986-5976-30-9 (平裝)

857.63　　104003892

讀者回函卡

感謝您購買本書，為提升服務品質，請填妥以下資料，將讀者回函卡直接寄回或傳真本公司，收到您的寶貴意見後，我們會收藏記錄及檢討，謝謝！

如您需要了解本公司最新出版書目、購書優惠或企劃活動，歡迎您上網查詢或下載相關資料：http:// www.showwe.com.tw

您購買的書名：______________________________

出生日期：________年________月________日

學歷：□高中（含）以下　□大專　□研究所（含）以上

職業：□製造業　□金融業　□資訊業　□軍警　□傳播業　□自由業

□服務業　□公務員　□教職　□學生　□家管　□其它_____

購書地點：□網路書店　□實體書店　□書展　□郵購　□贈閱　□其他

您從何得知本書的消息？

□網路書店　□實體書店　□網路搜尋　□電子報　□書訊　□雜誌

□傳播媒體　□親友推薦　□網站推薦　□部落格　□其他__________

您對本書的評價：（請填代號　1.非常滿意　2.滿意　3.尚可　4.再改進）

封面設計____　版面編排____　內容____　文／譯筆____　價格____

讀完書後您覺得：

□很有收穫　□有收穫　□收穫不多　□沒收穫

對我們的建議：______________________________

____

____

____

請貼
郵票

11466
台北市內湖區瑞光路 76 巷 65 號 1 樓
秀威資訊科技股份有限公司 收
BOD 數位出版事業部

(請沿線對折寄回，謝謝！)

姓　　名：__________ 年齡：______ 性別：□女 □男

郵遞區號：□□□□□

地　　址：__________

聯絡電話：(日)__________ (夜)__________

E-mail：__________